往事拾零

王振国 著

北方联合出版传媒(集团)股份有限公司

万卷出版有限责任公司

© 王振国　2023

图书在版编目（CIP）数据

往事拾零 / 王振国著 . -- 沈阳： 万卷出版有限责任公司 , 2023.3
ISBN 978-7-5470-6155-8

Ⅰ . ①往… Ⅱ . ①王… Ⅲ . ①散文集－中国－当代
Ⅳ . ① I267

中国版本图书馆 CIP 数据核字 (2022) 第 238930 号

出 品 人：王维良
出版发行：北方联合出版传媒（集团）股份有限公司
　　　　　万卷出版有限责任公司
　　　　　（地址：沈阳市和平区十一纬路 29 号　邮编：110003）
印 刷 者：辽宁鼎籍数码科技有限公司
经 销 者：全国新华书店
幅面尺寸：145mm×210mm
字　　数：225 千字
印　　张：8.5
出版时间：2023 年 3 月第 1 版
印刷时间：2023 年 3 月第 1 次印刷
责任编辑：范　娇
封面设计：王　正
版式设计：毕萍萍
责任校对：刘　洋
ISBN 978-7-5470-6155-8
定　　价：78.00 元

目录

第二辑　岁月故事

第三辑　风光之恋

第四辑　故园情深

第五辑　人生百味

第一辑 **往事拾零**

父亲为我煮鱼

最难忘的就是父亲为我煮的鱼。

父亲对我的爱是无言的，很难形象地去描述父亲给予我的爱到底是什么样的。因为父亲在我心中是严厉的，对我的要求是苛刻的。

父亲是个老实人，平时话不多，我和他一样也不善言谈，不得不说的是他影响了我一生。我是在他的教诲下学会了怎么样去做人、做事。他经常对我说的是："要堂堂正正做人，踏踏实实做事。"

好多天都没有见到父亲了，心里好难过，可能是工作太忙了，都没时间回家陪陪父亲。我知道，工作忙只不过是个借口。

回家的路上是匆忙的，时间有点赶，但还是想回家看看父亲，看看那张曾经带给我快乐的笑脸，看看一生为了我而忙忙碌碌的父亲，尝尝许久都没有吃到的，那父亲为我煮的、最美味的鱼。而即将为人父的我，又能为父亲做些什么呢？

每次看到父亲，总能感觉到岁月催着他在一天天变老，他的双鬓渐渐白了，脸越来越憔悴。我的心是刺痛的，为什么时间不能停留，停留在父亲最好的华年？可惜的是，时光已经一去不复返了。

儿时，喜欢依偎在父亲的身旁，父亲那双粗糙的手牵着我的心起航。从那时起，有父亲的陪伴，我的生活不再单调，徜徉在父亲宽广的胸怀，才有我今天茁壮的成长。

我像一粒树的种子，因为有阳光的照耀才变得温暖，吸收雨露才能生根发芽，才有机会做栋梁之材，就像鱼离不开水，我离不开父亲对我的栽培。父亲就是我的榜样，让我学会坚强地对待生活。

小时候，对"父亲"一词的理解并不深刻，总以为作为父亲就应该为我多做一些什么，长大了才明白应该为父亲多做一些什么。一直不能够体会父亲，不能了解他的心情，为了生活他奔波在风雨的路上，即使肩上的担子再重，身上的压力再大，他也从不说累，从不说苦。我知道，父亲不愿和我一起分享他内心的苦。其实，我愿意做条小鱼，游走在他的世界。

不知从何时开始，我渐渐地喜欢上了水里的一种生物，那就是鱼。以前，我对吃鱼并不太感兴趣，现在，鱼对我来说却包含了太多情感。忘不了父亲为我煮的鱼，如今我也想为父亲煮一次鱼。

煮鱼是个慢功夫，如果煮得时间过长，吃的时候鱼肉就不好夹了，就散了。小火慢炖是要耐得住性子的。煮鱼是一种情怀，能释放心中很多的烦恼，让人没有忧愁。时间会带走你心里放不下的重担，生活会给你燃起新的希望。当你心中充满悲欢躁动不安时，不如静下心来，为家人煮一锅鱼，把自己的悲欢化为亲情，将浓浓的爱包围在每个人的心间。我想这一刻的温暖，将是每个人一生难忘的记忆。

说到记忆，不能不又提到我的父亲，因为憨厚的父亲对儿女的爱有着不一样的表达方式。他习惯性地把自己煮鱼的手艺分享给每一个人，希望每一个人都能乐观地对待身边的事或物。我从他对待每件事那种乐观的心态，遇到挫折时的那种越战越勇中看到一种强大的精神力量支撑着父亲自信满满地前行。这种强大的力量不仅感染了我，也感染了身边的每一位朋友。但愿，每个人都能端正自己的心态，用积极向上的精神影响大家。

回忆是美好的，有时也是心酸的。

父亲煮鱼的手艺是相当不错的，他煮的鱼不光好吃，而且怎么吃都不腻。每次，吃到父亲为我煮的鱼我都非常高兴，那里面不仅有父亲对我的亲情，也饱含了父亲对我浓浓的爱。父亲把他对我的爱用为我煮鱼的方式表达出来，把我吃鱼的快乐当成礼物送给他自己。而我，一直觉得亏欠父亲很多。父亲虽然一直默默无闻，但在我心中他的形象是伟大的。他有很多值得我去学习的地方，也有很多让我一生难忘的回忆，没有他就没有现在的我。

总想着可以为父亲煮一次鱼，明知道自己煮鱼的手艺很差劲，可还是想去煮一次鱼。等到父亲老的时候，我愿和他一起重温那段一起吃鱼的快乐！

淡淡的煮鱼，淡淡的情怀。在那阳光明媚的午后，喝一杯清甜的茶，我又想起了父亲，想起了父亲为我煮的鱼。

故乡的鱼

许多人问我家乡都有什么特色美食，我说太多太多了，比如鱼。其实，我很难去描述故乡的鱼，只有到过我的故乡品尝过鱼的才最有发言权。一鱼多吃是故乡做鱼的特色，已经有好多年的历史了。

在我的家乡，尤其是靠近冶源水库的地方开了许多鱼馆，这些鱼馆做的鱼都独具特色，即一鱼多吃。父亲告诉我，一鱼多吃大约兴起于 20 世纪 90 年代。那时，吃的大多数还是白花鲢鱼。白花鲢鱼，它的繁殖速度快，价格对比别的鱼也略微便宜，所以很受当地人的青睐。用白花鲢鱼做一鱼多吃，最能考量一个厨师的手艺，一个好的厨师做出的鱼不腥且极有味道。

早些年，家里曾在县畜牧局的对面开过鱼馆，我曾目睹师傅做鱼的手艺，他是我最崇拜的偶像。一条鱼，经过他的手，能做出十几种口味。小时候我常常站在师傅的旁边，看师傅做鱼。我总是不解，师傅为何轻轻松松就能将一条鱼做成多种口味的美食。我特别希望能有这样一身厨艺。一天，师傅说带我去他家住一晚上，我便欣然前往。第二天一早，师傅炒了几个菜，味道很独特。吃着师傅做的菜我突然就有了一种想当厨师的想法。可是这么多年过去，我炒的菜还是没有太大长进。那时，饭馆里还用盐粒子腌渍一种臭鱼，经过一段时间的腌渍，把鱼捞出来裹上面用热油炸，把鱼炸得金黄。这种鱼闻着臭，但吃起来特别香。不过，这种鱼特别咸，只能小口吃，是下饭的一道美味。

那些年，鱼馆里客人络绎不绝，吃鱼的人特别多。我们这里吃淡水鱼比较多，很少吃咸水鱼。丈母娘家，临海而居，吃到的都是咸水鱼，对于淡水鱼几乎是不碰触的，因为特别怕鱼的腥。

有一年，岳母来临朐，好客的父亲特意在家炖了一条花鲢鱼，可岳母还是不太习惯吃淡水鱼，吃到嘴里总觉得鱼有点土腥味。不过，到了鱼馆，一条鲜活的鱼在厨师的加工下，做成多种口味的鱼菜，这让岳母赞不绝口。到了临朐，不吃鱼无疑是一件遗憾的事。

那一年，我在外地工作，正好赶上公司放假，便邀约同事到临朐游玩。那天，我们一起到沂山爬山，因为他们是第一次来临朐，对于临朐的山水特别好奇。他们提前备足了功课，说一定要到沂山去逛逛。我们在沂山游逛了一天，傍晚，便邀约他们到鱼馆吃鱼。好客自然是家乡淳朴的习俗，远方的客人一到，我一定要请客人品尝一鱼多吃的特色招牌。一鱼多吃，顾名思义是把一条鱼做成多种口味的美食，如鱼的中间部分切成片做成泡菜鱼，部分裹上面用热油炸，炸得酥软香脆。鱼头、鱼尾清炖，鱼汤味道鲜美。鱼鳞、鱼皮也是一种食材，如果不是当地人，很少有人知道鱼鳞、鱼皮可以做出营养价值极高的美食。鱼鳞洗净晾干后，裹上一层面用热油炸，炸得酥脆可口，卷着煎饼吃满口溢香；鱼皮则要煮熟，加入葱、姜、蒜凉拌来改善口感。

　　一大桌子各种口味的鱼菜，让同事目瞪口呆。特别是鱼汤的鲜美，让他们忍不住喝了一碗又一碗。临走时，我能看到他们眼里有多么的不舍。那天，因为同事上夜班，我开着车和他们一起返回小镇。几十年过去了，直到现在，每次聊到我的故乡，他们都会提起我请他们吃过的鱼，那是一辈子都难忘的鱼。这就是我故乡的鱼。

怀念那个夏天

那年夏天，我们相约周末一起去爬山。山离学校并不远。那天，一大早我们就集合向山进发。我们一行七人，从学校南门出发，一路打听一路走，到了朱家峪的后山。山脚下，问一拾荒老者，他告诉我们，翻过前面这座山就是朱家峪了。原以为只是翻一座山，没想到我们从上午爬到了下午。

菲菲穿着一双高跟鞋，被我们强行拖拽着参加了这次爬山活动。她原先并不知道要爬山，毫无准备，只能穿着高跟鞋行进。我们七个人向山顶前进，爬到山的一半，出现了两条岔路，正当我们不知所措时，拾荒的老者已经爬到了我们前头，他正坐在一块石头上休息。老者的脚步竟如此轻盈而且赶超在我们前面，这是我们所没有预料到的。我们赶紧跑到他跟前，再次询问去朱家峪的路。他手指一条岔路说："你们沿着这条路，翻过这座山就是朱家峪了。"

谢过老者后，我们开始向山顶冲刺。我们爬得很吃力，菲菲穿着高跟鞋更是艰难。没办法，她从山林里捡了根树棍，拄着，一点一点向山顶前行。

　　夏天，阳光格外的耀眼。我们抵达了山顶之后，以为山下就是朱家峪了，往前走，还是没看到朱家峪古村落的影子。我们随身携带的水已喝光，身上也未带任何食物。这让同行的女孩慌了，她不得不在山上采摘野果，采摘那些我们都叫不上名字的红色小果子。她摘了很多，拿给大家品尝。我没有要，拒绝了，她坚持要给我，说如果我们没有翻过这座山，可以吃野果充饥。其实，我对于这些野果，本身就有恐惧，从来都不食用，一直觉得这些山果子都藏着剧毒。他们都吃了，一点事没有，可我还是不敢享用这大自然的馈赠。

　　我们爬了一天山，累了，找个地方坐下休息。此时，夕阳西下，眼看天要黑了，我们都感到绝望。在山里我们什么都看不到，一片树林遮挡住了我们的视线。走了没多远，看到了远处的一座房子，以为走到房子里就能有水喝，还能遇到指路的人。可当我们走到房子跟前时，发现这房子里根本没有人居住，荒芜着，什么都没有。没办法，我们只能顺着山路往前走，又走了没多远，我们遇到了村民。打听得知，朱家峪已经到了，爬到山上就是了。我们一鼓作气，向着山顶爬去。

　　爬了没多久，我们抵达了朱家峪的后山。山后有座塔，还有烧香的炉子。我们到了朱家峪这座古老的村落，村落里有棵大槐树，我们几人合拢才能抱过来。我特别喜欢这座古村落，在这里，处处都有历史留下的印记。古桥、古树、古庙、古祠、古校、古泉、古巷、古井、古碾，还有那些古色古香的石头，青石板路经过长时间的踩踏被打磨得很光滑，像一面镜子，照出了人影。我站在古老的村落里，走在青石板路上，静静地看着这座古村，它在历史的长河中变得沧桑。我不知道来来往往多少人走在青石板路上。他们走过的足迹已成历史。

　　我们走在朱家峪古村落里，碰到几位外国友人，他们是山东大学的留学生。看到他们，我们都有和他们合照的想法。于是推荐英语好的菲菲去和他们交流。他们一听要合影，很是高兴，正当手机要拍的时候，鲁一个箭步冲到了我们的后面，留下了一张珍贵的照片。这张照片也永远留在了我的手机里。

　　在朱家峪古村落景区门口，我们看到一段齐长城遗址，兴奋地跑了过去，攀爬上长城。长城上杂草丛生，我们一起扒着齐长城石墙的边沿，望向山林，望向天空，望向城市，望向更远的地方。夜色，渐渐沉了下来，我们不得不下山返校，按原路返回是不可能了。我们出了景区大门，坐上一辆载客的面包车，返回学校。回校后，我们在隔壁济南工程学院新开的一家小馆里找了个桌子坐下边吃边聊。那晚，我们聊了很多，一直聊到小馆打烊才起身离去。

　　2012 年，我毕业后离开了这座城市，朱家峪就只能在我的梦里了。也说不定在某一个夏季，我们又相遇在朱家峪古村落了，又能看到朱家峪古村落的祠堂、古巷、古桥、古树、古居，还能再回忆起我们爬山到朱家峪时的幸福时光了。

怀念那碗朝鲜面

在一个地方待得久了，离开之后就会怀念那个地方。2009年高中毕业后我到章丘求学，2012年毕业。已经过去许多年了，我还是难以忘记学校里的那碗朝鲜面，尤其是做面的大爷和吃面的那段往事，一直在我的脑海里徘徊，永远都不能忘却。

离开学校后，那碗朝鲜面就在我的梦里了。大学时，我常常到隔壁济南工程职业技术学院餐厅二楼去吃朝鲜面。做面的是一位朴实、善良的大爷，本该到了退休的年龄，应该在家享福的时候，他却来到了学校为学生服务，继续发挥余热。他永远都是穿着一身干净的厨师服，戴着厨师帽，身上一尘不染。不知道什么时候，他包下了餐厅的一个小窗口售卖朝鲜面。他的面前始终摆着几口煮面的砂锅。一个白色的大桶里盛着要煮的面。

每次去吃面，吸引我的不光是大爷煮面的手艺，他朴实、善良的品行更是让我动容。一份朝鲜面售价仅2.5元。大爷煮面用的食材也是相当丰富。砂锅里不仅有朝鲜面，还有鹌鹑蛋、油菜、火腿肠等。面的分量也是相当的足，且味道极其鲜美。

每次到这里吃朝鲜面，我总是站在窗口看大爷做面的手艺。大爷的手相当灵活，人多的时候，大爷就把面前的几个砂锅都加水点上火，把面、鹌鹑蛋、油菜、火腿肠、调料一起放入砂锅里煮。面煮好后，大爷高喊一声，几号的面好了。这时，叫到号的就走过来把面端走。大爷的嗓门特别洪亮，这一声吆喝在餐厅里久久回荡。如果不告诉你年龄，光听声音和看煮面那麻利的动作，你能想象这是一位七十多岁的老人吗？我想，肯定是不能的。

走进餐厅，大老远你就能看到窗口前的玻璃上贴着三个红色大字，旁边是一行小字，标明面的价格。因为常常和同学光顾，看到大爷就感觉格外亲切。有时候，我自己一个人到餐厅要一碗朝鲜面。面做好后，我端着面找一个角落坐下，慢慢地品着。看着餐厅里来来往往的人，到最后只剩我一个人坐在这里，久久不愿离去。不知道还有没有人也像我一样，坐在这里不愿离去。我知道，我不忍离去的原因是我不舍这美好的时光和这美好的夜色。

当我离开了这里，我的内心时常怀念这里。那一碗朝鲜面，还有我吃面的那段往事，都深深烙在了我的心海里。学校的餐厅里，不知道谁坐在我曾坐过的地方，也要了一碗朝鲜面，品尝着我曾有过的怀念。

怀念一棵树

离开故乡后，我就时常望着一棵树发呆，凝视着它陷入沉思，不愿离去。每当我站在一棵树的下面，我就希望我也是一棵树，一棵幼小的树，无忧无虑地站在它的旁边仰望着它的枝繁叶茂。它也会低头俯视着我，像看着一个孩子。

我活到现在还是一个孩子，一个长不大的孩子，幼小的心灵与自己的身躯不大匹配，经常做着一些幼稚的事情。有时候，我在路上走着走着，遇到一棵大树，我就停下来注目仰望着它。这让我想起了老家的那棵树，那棵大梧桐树。小时候我在家，经常站到院子里，仰望着那棵梧桐树。我不知道为何会反反复复地想起那棵梧桐树，思念着它。可能那棵树就是老家的坐标，因为印象中我的家乡没有比那棵梧桐树还要大的树了。

老家那棵梧桐树很高、很壮，开的梧桐花也很美，风一吹过的时候，梧桐花就摇摇欲坠，不一会儿，满天的梧桐花飘飘洒洒，如繁星点点落满整个院子。我常想起，那些落地的梧桐花时常被我捡起放到嘴边，吮吸的瞬间有一股淡雅的清甜，刺激着我的味蕾，使我忍不住一个个捡起来吮吸着。

这么多年过去，我还是忘不了那棵梧桐树上的梧桐花，也无法忘记我站在那个院子里，作为一个孩子，呆呆地望着那棵梧桐树时的场景。

老家的那棵梧桐树挺立在院子的西南角，一年比一年粗壮。它的树根扎在墙下的泥土里吸收泥土中的养分，每年都在壮大。那堵墙承受不了树根的压力，逐渐出现了裂缝，随时有倒下的风险。看着那堵满身伤痕的墙，估计用不了多久，只要大风一刮，可能就要倒了。父亲心里怕极了，他怕有那么一天，这堵墙再也承受不住树根的摧残，轰然坍塌。这时，父亲的心里有了计划，决定找人砍伐这棵梧桐树。砍伐树的那一天我没回家，等我再回家的时候，梧桐树的树墩子孤单地站在墙角。

每当夜深人静，翻来覆去睡不着的时候，我就怀念老家，怀念家里的一棵棵树，比如那棵被砍伐的梧桐树，它的树龄应该比我大好多岁，还有那棵山楂树，就栽在北屋门口的左边，可能它并不适应这里的环境，渐渐地把生命消耗殆尽。我还记得山楂树上结满山楂的样子，红了的山楂是那么的喜人，一到收获的季节就惹得人格外喜悦。关于那棵山楂树上结的山楂的味道，我没有任何印象。我想，它的味道一定是酸的。

关于山楂树，还有一段有趣的故事。那天我没去学校上学，和同学一起出去玩了。父亲知道后，用绳子把我绑在了山楂树上，然后回屋睡觉了，是母亲下班后帮我解开了绳子。

还有一棵石榴树，是山楂树枯萎后父亲栽种的。与石榴树相望的是一棵枣树。枣树是我出生那年父亲栽种的，到现在，那棵枣树还是枝繁叶茂，年年结出甜甜的枣子挂满枝头。

挂 钟

到一户人家走访，看到屋里挂的一个挂钟，不禁让我想起了小时候见的那个挂钟。早些年，每次回到故乡，我都会在奶奶屋里看到墙上挂的挂钟。有次回家，看到挂钟因为没有上弦，时间永远停在了那个位置。那时我就在想，如果时间能够停留，那该多好啊！可惜的是时间永远都不会停，光阴似箭，一去不复返了。

挂钟里面有一个钟摆，像勺子似的，来来回回地摇摆，到了整点，挂钟就会发出"当当"的响声。那个年代，好像家家都有那样一个挂钟。姥姥的家里，也有那样的一个挂钟。小时候，到姥姥家，在屋里时常会看到挂钟，还能听到挂钟发出的声音。到了夜晚，姥姥搂着我睡觉，睡不着的时候，听着姥姥讲故事，听着挂钟整点发出的"当当"声。

许多年过去了，我还是常常想起那个挂钟，想起那些远去的人。姥姥因为胃癌永远地离开了我们，姥爷深夜突发脑溢血也在无助中走了，还有奶奶、爷爷……这几年，他们没有出现在我的梦里，可我时常会想到他们。夜深，我躺在床上，翻来覆去睡不着，听着屋里的时钟嘀嘀嗒嗒的声音，时针一圈一圈地转着，日子也这样一天天地溜走。

现在特别怀想小时候那种无忧无虑的日子。那年，我们搬到父亲单位的家属楼居住，父母去工作，我自己一个人在家里，感觉时间很漫长。我的卧室里有一个时钟，我躺在床上午睡时，总听到嘀嘀嗒嗒的声音。原先不太理解时间这个概念，总盼着日子能过得快些，比如盼着假期，盼着过年。岁月如梭，几十年过去，又不得不让人感叹时间的远去。

不知道为什么，我会怀念起时间，怀念起老家的那个挂钟。这些年，无论走到哪里，只要看到挂钟我就常常想起往事，想起那些远去的人和他们慈祥的面庞。

小时候过年

早些时过年，一大家子人到爷爷家，聚在一起，这才算过一个热热闹闹的年。爷爷那时住在老工商局家属院里，我们会提前到爷爷家去。

如今，老工商局家属楼已经不在了，不过回想起在那里的点点滴滴还是很让人怀念的。我们一群不大的孩子，在年除夕那天下午，趁大人们还没做好菜肴，就围在老工商局家属楼里玩捉迷藏。楼内是漆黑的一片，只有几抹昏黄的灯光泻出来，我们几个孩子吓得谁都不敢往楼梯上走。

到了晚上，大人喊我们吃年夜饭，我们很不情愿地走回家。饭后，我们又走到了老工商局院子的门口，几个孩子又无忧无虑地奔跑在院子里。稍晚些时候，能听到街道外面噼噼啪啪的鞭炮声。

爷爷搬了家，离我们住的地方更近了，我却很少去了。只有到了年除夕，我才到爷爷家里。我们孩子的任务是大扫除。大家分工合作，扫地的扫地，擦玻璃的擦玻璃，抹桌子的抹桌子，用不了多久卫生就打扫好了。大人们则忙着准备菜肴，包饺子。饺子是过年那天必须要包的，而且一定要多包。

因为家里人多，我们要摆两桌，做两桌子菜肴。晚些时候，我们会在客厅里支上一个圆桌。爷爷、父亲、大爷、叔叔们围着圆桌，喝得不亦乐乎。这一天，如果没有喝醉，就像是没有喝过酒似的。每个人都举起酒杯，什么都不说，一口一口地喝着。父亲喝得醉醺醺地回到家里，躺在沙发上，微闭着眼睛，看着春节联欢晚会。

除夕，吃完年夜饭回到家，母亲则忙着包饺子、煮饺子，准备好菜肴供奉菩萨。到了十二点，父亲会拿上鞭炮到楼下放，母亲把提前准备好的纸钱拿到楼下烧，祈求新的一年里全家平安幸福。

我们看春节联欢晚会一直看到结束，才恋恋不舍地睡去。一大早，天刚亮，我就吵着闹着要父母起来，穿上新衣到爷爷家去。大年初一，我们都会去给爷爷拜年，这是家乡的一种习俗。孩子最愿意去拜年了，拜完年不仅有红包拿还有糖可以吃。年初一这一天，到爷爷家里煮饺子吃也是家里每年的一种习俗。一出家门口，外面的雪已有一尺深。好多年我们没有经历这样的大雪了，尤其是在大年初一这天。我和母亲踩着积雪去爷爷家。路上，我把雪揉成一个球攥在手里，一直拿到爷爷家门口才扔掉。一进爷爷家门，老奶奶已经坐在了客厅里，我给老奶奶拜年，老奶奶会拿出一个红包给我。

大年初一，来爷爷家里拜年的人会越聚越多。到了中午，我们一大家子聚在一起，找一个小馆，一是庆贺新的一年到来，二是祝二大爷生日快乐！

下午，阳光明媚，虽有些许寒意，心里却一点都不觉得冷。我们会到县城的中心走一走，逛一逛，什么都不买也要去凑凑热闹。一到县城的中心，各种娱乐项目已经开始了，套圈、打枪等。我只是在一旁静静地看着，一看就是一个下午。如今这种娱乐形式已经很少见了，要想参加这种娱乐活动，也只能在庙会里了。

大年初二，按照家乡的风俗，要去姥姥家看姥姥。姥姥家离我们家并不远。父亲会开车载着我们去姥姥家。一到姥姥家里，过来拜年的亲戚已经围坐在了一起。当我进门给姥姥拜年的时候，姥姥会拿出一个红包，里面有五角钱，这对没有任何收入的姥姥来说，也是一笔不小的数目。五角钱，买到的东西虽然有限，但我收到钱却开心得像个孩子。

又到了过年的时节，家里又增添了人口。爷爷、奶奶、姥姥、姥爷都已作古多年，我们不能再像往年一样全家人都聚在一起了。我也有了自己的小家，到了除夕这天，我会带着孩子去父亲家里过年。我们一家人围在一起，对于孩子来说是热闹的。到了初二，我们会领着孩子去百公里之外的孩子姥姥家。

孩子是天真的，他们喜欢过年，像我小时候一样。一到了过年的时节，我就想起父亲忙碌的夜晚。腊月二十八父亲就开始在家准备，把需要炸的肉和鱼准备好，等着晚饭过后，开始炸鱼和肉。一部分是上供用，一部分是留着过年招待亲戚。

现在，我越来越怀念小时候过年了。

写信的日子

　　我上高一那会儿，没有手机，没有任何的电子通信设备，只能通过写信来与别人沟通。我还是喜欢那种写信的日子，买一本比较好看的信纸，专门用来写信。在信纸里，我们可以用简单的文字与一个从未见过面的人谈心、聊天，那是多么快乐的一件事情。

　　高中写信的日子已远去许多年，在通信设备发达的今天，似乎已经不需要信纸写信了。记得我上高中那会儿，信来往不断。我曾和一个在冶源二中上学的女孩写信交流了长达半年之久，我们从开始的陌生到熟悉，再到无话不谈。我不知道现在还能否找到她寄给我的信件和信件里的大头贴，或许它随着我的生活，随着时间的推移，在我搬家的过程中，不知被遗忘在哪个角落里了。

　　我高中毕业后，通信地址就不是原来的地方了，就和所有的人断了联系。这么多年，我也没有再联系她们，也没有她们的消息。现在，我已忘记了她们的名字，记不清她们的模样，她们都在时间的长河里被我淡忘了。唯一让我有印象的，是她们写的一手娟秀的字迹。我不知道，学校里有没有她们写给我的最后一封迟到的信件；我写给她们的最后一封信件，她们收到了吗？或许没有收到，就匆匆毕业了。

　　回想在县实验中学上学的那段日子，写信、收信应该是最快乐的一件事情了。记不清我到底收了多少封信，但这些信件一直保存在家里的一个鞋盒里。我们在水库家属楼居住时，我把信放在一个鞋盒里，等鞋盒里的信放满了，我也高中毕业了。高中毕业后，鞋盒就荒芜在了阳台的一个角落里，沉默了许多年后，随着一次搬家就再没有见过它的影子。如果真的有缘分的话，我想在某一天，我还会看到那一封封记载着我高中岁月的信件，那里面的内容、字迹，还有那些照片，都会让我怀念青春，泪流满面。

　　在高中，信件的收取是在图书馆的一楼，一个类似传达室的房间里。那里不定期就会有寄来的信件。我常常去那里取信件。有时候，班里学生去查看信件，会把自己班里学生的所有信件拿到班里，再分给收信的每一个学生。那时，我收到信，总惹来别人羡慕的眼光，他们总是觉得能收到别人寄来的信是一种荣耀，这说明有人牵挂、思念着你，而他却没有，显得特别孤单。那时候确实流行信件的往来，一封封信打发着学生时代枯燥、乏味的生活。当时除了看信以外，看得比较多的就是杂志，杂志里会有很多广告，刊登了一些学生收信的地址，他们渴望收到别人寄来的信，所以刊登发布了自己的收信地址。

　　寄信的方式现在不常用了，那时却是最方便的。只要把信封贴上邮票，投到邮箱里，就有邮递员取信并根据你写的地址寄信。在这个多愁的夜里，我陷入了沉思，又想到了过往。回想高中上学的生活和日子，多想再写一封信寄给远方的你。可惜，没有了你的地址，没有了你的消息，信也荒芜了。

爱情的种子

一

听母亲讲关于爱情神话传说的故事，传说七夕节这天，在葡萄架底下就能听到牛郎织女窃窃私语的说话声，他们的谈话在夜深人静的时候开始。

小时候，听到这样唯美的爱情神话故事，总想让母亲带我去葡萄架底下聆听他们窃窃私语的说话声，母亲始终都没带我去过。后来，母亲告诉我，七夕葡萄架底下并没有他们说话的声音，这只是一个唯美的神话传说罢了。作为一个孩子，我不相信母亲的话，总想到葡萄架底下，以为到了那里就能听到他们诉说的情话。我自始至终也没有去过葡萄园，可关于牛郎织女凄美爱情的传说，在我的心里悄悄种下了爱情的种子。

大学里不知为何会与她相遇，有一种牵扯不断的感情拉扯着我们，无论我在什么地方总是会想起她。始终让我忘不了的，是我第一次见她的场景。那天，我们约好在北苑餐厅见面，天气冷的原因，我们都穿得很厚。我在学校北苑餐厅的门口见到了她，她穿着黑色外套和蓝色牛仔裤，手里握着一个老款诺基亚手机，这是她给我的第一印象，至于那天聊的内容我已记不得了。

她比我大一级，是我的学姐，学的工商管理，是我在学校待了半年才认识的。在学校里我和她整整相处了一年多的时间，一年后她去了济南市里实习。我忘不了这一年中我和她在一起的日子。因为她的出现，我在大学里的生活变得奢侈起来，每月的生活费几乎到了月中就已经花光了。我是一个没有计划的人，也从不留钱为以后打算，这也是大学里我养成的一种不好的习惯。我记得，月底没钱后，剩下的日子，我们就到餐厅去打包子吃，因为包子既便宜又实惠。俩人在一起天天吃包子的日子是最幸福的，也是最快乐的一段时光。因为两个人的相守，苦日子也就变成了甜日子。

她离校后，周六晚上会来学校看我，周末的晚上再返回市里。我一直记得那天送她离开学校时的场景。她要在学校大门口坐拼车，因为一女生行李太多，司机要到宿舍楼下帮她拿行李。司机喊我上车，顺路把我捎到学校里面。司机帮女生装完行李要走的时候，她坐在副驾驶的位置冲我挥手。汽车走后，我再也抑制不住自己眼里的泪水。那晚，我眼圈红红的，站在原地很难过。我面对了许多次的分别都没像那天那么难过，当时我不知道我和她的爱情路能走多远，但是爱情的种子一直都种在我们彼此的心里。

后来爱情的种子在我们心里生根发芽，牢牢地拴着我们，让我们永远地走在了一起。

二

当她悄悄来到你的身边，碰撞出激情的火花，让爱情在一个特殊的环境里萌芽、抽藤、蔓延，生长在彼此的心间；当两颗心紧紧地拴在一起，校园生活成为回忆，这段生活能让两人永远走在了一起，是多么奇妙的事情。

周六下午她从市里坐车回学校找我，中间要倒两趟车，倒车的过程中还要等很长时间才能换上另一辆车抵达校园门口。我从校园门口坐车去过她工作的地方，体验过坐车、倒车、等车的辛苦，更明白周日休班她来找我的意义。她来之前会提前告知我，这周末她没通知我要来，想给我一个意外的惊喜。我的手机恰好没有电，她联系不上我苦等到很晚。那晚，得知她来，我匆匆赶往学校南苑餐厅一楼，我看到她在不远的餐桌旁坐着，还是穿着黑外套和蓝色牛仔裤，这让我想起一年前在学校北苑餐厅门口第一次相见的场景。那时，她就穿着黑外套和蓝色牛仔裤。她没注意到我站在不远的地方看着她，仍低着头默默地看着手机。

餐厅里很静，静得让人无法呼吸，月光透过窗户如流水般泻了一地，我脚步轻缓地靠近她的身旁，心里有些激动和兴奋。觉察到我的脚步声，她转过脸与我对视，微微一笑，我的心整个的被融化了，怦怦地跳个不停。月光映着我俩的影子，我拿着她的挎包，拉着她的手缓慢地走出了餐厅。餐厅卖饭的打烊了，学校操场那边的小吃街会开到很晚。我们准备去小吃街买饭。小吃街上零零散散的人在月光笼罩下晃动着。我站在小吃街上看着人来人往的影子从我身旁经过，我无数次走过的地方，终有一天会成为我的回忆。在小吃街，她领我走进一家麻辣烫的店铺，要请我吃麻辣烫。我们选在角落里的一张桌旁相对而坐。她的脸庞被灯光照着，脸上流露出幸福的微笑。她看着我，不说话。我们就这样静静地坐到店铺打烊。

她没离校的时候，我们经常光顾这家麻辣烫店。她离校后，我就很少来这条小吃街吃饭了。这条小吃街能勾起我太多的回忆。印象最深的是，有一天晚上送她回宿舍，我们在小吃街买了一个杂粮煎饼，师傅帮我们切成两半，装在两个袋子里。我们一人一半，找一个角落坐下相互靠着慢慢地吃着。

我们走在校园里，一堆堆人影在走动，有的抱在了一起，有的踮起了脚甜蜜地接着吻。在女生宿舍楼底下，我看到依依不舍的恋人在话别，他们一次次挪动脚步，一次次回首看着对方的眼睛，直到女生进入宿舍看不见对方才算告一段落。

这样的夜里，我想起了一句话，是我去她班上自习时她导员开班会说的一句话："大学里谈恋爱的只有百分之一的可能走到一起。"一想起这句话，看到校园里一对对懵懂的恋人，我就希望他们能永远地在一起。

难忘那年元宵节

　　那年的元宵节是最让我难忘的，不光是因为元宵节的一些习俗在我的心里根深蒂固，还有那一段年少时的往事，在我的脑海里不断地徘徊着。元宵节，每个地方都有每个地方的习俗，像我所居住的小县城，每到元宵节，各种各样的风俗活动就开始了。在我们当地，最有特色的就是玩龙灯，顾名思义就是一种特殊的表演节目。所有的彩车装扮得富丽堂皇，各种俏皮的人物扮相出现在街道，还有玩龙灯、踩高跷、舞狮表演等。

　　小时候，元宵节那天，到县城看玩龙灯，是父亲带我去的。到了县城的主路上，那里早已人山人海，围满了观看的人。我骑在父亲的肩头观看。一辆一辆的彩车从我身边经过，还有《西游记》里的师徒四人，打鼓的、敲锣的、舞狮的，他们的表演精彩纷呈，引来喝彩连连。

　　那一年，家里开饭馆，我闲来无事和在店里工作的表哥去县城中心看舞狮表演。我们两人徒步走到了县城的中心。我们到时，正好赶上舞狮表演，只见两个人弓着腰舞着一头狮子，他们的配合相当默契，一前一后，一高一低。舞狮师傅的表演给狮子注入了灵魂，舞出了狮子的精气神。他们像一头整装待发的狮子，雄劲有力，在咆哮着。舞狮师傅做的一些高难度动作，引得人群发出一阵阵欢呼。

各种图案搭成的彩灯车，五颜六色，缓缓行驶在主道上。你看，那些踩着高跷的人，他们的身体是多么的灵活。两根长长的木棍就是他们的脚啊，他们自由地蹦来跳去，多像一只灵活的猴子。《西游记》中师徒四人一出现，喝彩连连，他们的经典形象早已镌刻在了人们心间，根本不需要表演，一出场就是主角。各种俏皮扮相的人物也出现在车队里。此时，车上的烟花被燃放了起来，鞭炮响了起来，锣鼓师傅甩着胳膊敲了起来，煞是热闹。这是多年前元宵节夜里的习俗活动。后来，习俗活动改到了白天，依然是人山人海。

又到元宵节，我又想起了母亲陪我过元宵节的往事。那是许多年前了，我和母亲在家，父亲在单位值班没有回来。那晚，我吵着闹着要去看玩龙灯的，母亲开始不愿意去，后来拗不过我，就陪着我徒步去看。那天，淅淅沥沥地下着毛毛雨，我们走了一段雨就停了。雨并不能阻挡一个孩子观看的热情，我们走在街上，街上只有零零散散的几个人。往年，走在街上前去观看的人很多。今年，因为雨的关系，出门的人少了许多，早不见往日那种成群结队徒步行军的浪潮。我和母亲徒步抵达县城中心，站在街道旁，左等右等就是不见舞狮队伍的出现。后来才听说，因为下雨的关系，玩龙灯的没有来。这一场细雨，浇灭了一个孩子的期盼与渴望。从那以后，我好像就再没有看过元宵节的习俗活动。

现在工作忙碌了起来，连陪父母过元宵节也变得奢侈起来。

父亲去淄博车站接我

　　参加完大学朋友的生日活动，下午四点我搭乘客车返回临朐。因为章丘没有直达的客车，只能到淄博再倒车。我坐上客车驶往淄博客运站，客车抵达时天已渐渐黑了下来。

　　那年夏天，天气格外闷热，我到淄博客运总站时已没有了发往临朐的客车。我徘徊在客运站的门前，多么希望能有一辆抵达故乡的客车。要坐客车，只能等明天最早的那一班了。我给父亲打电话，希望父亲能来接我，父亲让我自己想想办法，再看看有没有车能捎我一程，我久等未果。附近旅馆招揽生意的中年妇女向我走来，极力劝说让我在此留宿，明天再坐客车出发。她一边说着，一边介绍旅馆的环境和价格。见我不为所动，又去人群里招揽别的顾客了。

　　父亲打来电话，问我是否有车捎我一程。我告诉父亲，只能在此留宿一宿，明早才能回家。父亲在电话里沉默了许久，我知道他的内心里是在犹豫到底要不要来接我回家。因为父亲开车的年头不长，且晚上开车视线受到影响，速度极慢，到达淄博客运站估计已经很晚了。夜里开车，对父亲来说也是一个不小的挑战。父亲沉默了许久，说一会儿给我回电话。没多久，父亲打来电话，告诉我要来接我。这显然是父亲不放心我一个人在外留宿。他要我在原地等着他。

我等了许久，夜已很深了，我才看到父亲的车出现在我的眼前。那时，父亲开的是夏利。但是开车的并不是父亲，是父亲的一个朋友。因为他的驾驶技术比父亲熟练很多。所以，父亲找到他，让他开车来接我。我坐上车，与他打过招呼，他启动汽车往临朐的方向驶去。路上，我打开车窗，夏夜的风从窗户吹进来抚摸着我的脸庞，那么的柔软，那么的细腻，如母亲的一双手轻抚着我的脸庞。汽车在茫茫的夜色里驶离了淄博。

我们到家已经很晚了。父亲执意邀请朋友到家一起吃饭，说菜肴都已备好，他拒绝了，说天不早了，该休息了。实际上，他并不想打扰我们一家人的团聚。母亲做了一桌子菜，都是我最喜欢的。那晚，我和父母坐在一起，有说有笑地聊到了深夜，这是我人生当中第一次和父母聊到这么晚。现在回想，那也是好多年前的一个夏夜了。

其实，父亲的话并不多，我们平常之间的交流很少。不过，后来我每次回家，只要告知父亲我的位置，他都会来车站接我。这就是父亲不善言谈的另一面，他对孩子的爱是无言的。在父亲的内心里，他永远都牵挂着我，无论我走多远，父亲永远都会守护在我的身边。

姥姥家

记事的时候，我常常要去姥姥家玩，还会去姥姥家住上几天。有时，我会让父母陪我去姥姥家。

最早去姥姥家是父亲骑摩托车载着我们，母亲手里提着礼物。姥姥家距离我们在县城居住的地方不算太远，十几里的路。去姥姥家是我最开心的一件事情，因为能见到姥姥。

姥姥家的前街有一个集市，我每次去姥姥家总能赶上集市，集市非常热闹。我喜欢和母亲、姥姥一起在集市里溜达，看看人来人往。姥姥和母亲经常会在集市上碰到熟人，不免要打招呼，她们总诧异于几年没见到我，我竟长这么大了。在集上，卖东西的很多，吃的、喝的、用的样样俱全。那赶集摆摊的摆了一溜长路，一眼看不到头。集市从靠近学校的主道，一直延伸到合作社商铺，摆摊的年老者居多。学校外面的一个空场地上也有赶集摆摊的，卖的东西五花八门。多年后我再经过学校的时候，这所学校已经荒废，不过里面的东西还一直保留着，尤其是学校里面的那个钟——上课下课总要敲响的钟。

姥姥家，在集市前街第二排，院外墙边上种着香椿树，院里面种着一棵枣树。姥爷喜欢养一些盆栽的树，特意买了几盆小金橘树。有一棵比较粗壮，小金橘树上结的小金橘比较多，那些树干细的，结的小金橘就少得可怜。我总是去摘取那棵粗干树上结的小金橘，那些细干上结的少得可怜的小金橘，我总不忍去摘。姥爷走到跟前，把小金橘摘下来送给我吃，我拿到手里就直接吃了起来。现在想来，小金橘有的酸酸的，有的甜甜的，那种味道确实很让人怀念。

在姥姥家，我有自己玩的方式。姥姥家屋里铺着红砖头，红砖头被灰尘覆盖成了灰色，泥土味很重。我去姥姥家，姥姥必定要在屋里泼上几盆水，让地面湿一湿带走一些尘土。红砖缝里因为有泥土的关系，常常有蚂蚁出没，也就变成了蚂蚁居住的家园。我时常看见蚂蚁搬运着比自己身体要大很多的东西，那东西就是我们吃饭掉地下的一些残渣。蚂蚁虽然体型小，却能轻而易举用嘴叼起比自己重很多倍的东西，叼回自己的洞穴。我常常被蚂蚁这样的举动吸引着，一看就是几个小时。

暑假，我总要去姥姥家住几天。从小区东门出来，等待去姥姥家的公共汽车。我记得有天上午，我和母亲在等去姥姥家的公共汽车，等了很久车才开来。据司机说，车坏了去维修耽误了时间。我们还以为汽车不跑了，那天可能去不了姥姥家了。

一到夏天，姥爷会在小院里支上桌子纳凉。这时，姥姥会炒几道可口的饭菜，再煮一锅大米饭。隔着很远，你就能闻到那饭香，至今，那米饭的香味还在我的唇齿间回荡。

晚上，我和姥姥睡在里屋的一张床上，姥爷睡在外屋的床上。姥姥总是哄着我先睡了她再睡。早上，姥姥起得很早，为我准备早点。早饭，是极其简单的。姥姥在碗里打上一个生鸡蛋，再倒入热水将鸡蛋沏开，然后往鸡蛋里加入糖酥。糖酥里的糖分和鸡蛋汤融合为一体，喝着是甜甜的味道。

　　有次去姥姥家，我们坐父亲单位的班车抵达冶源水库，然后再由表哥骑摩托车接我们到家里去。后来，父亲学会了开车，他就开车送我和母亲去姥姥家。过了年，有一次，我们上午要去姥姥家，结果到了下午才抵达。那天，二姨父要开着他的小奥拓和我们一起去姥姥家，结果到了我们家的饭店门口，车就再也打不起火来了。等车修好，我们到姥姥家时已是下午两点。我们在姥姥家吃过中饭，就要往回赶了。

　　那天去姥姥家，赶上出殡的，姥姥和我们一起挤在人堆里看。我那时还不知道这样的场面是干什么的，只知道围了很多的人。那天，我花5分钱买了一根雪糕，边吃边看着那些哭得非常伤心的人排成一排从我们身边走过。我看到一口棺材被抬上了灵车。听别人议论说，那人是岁数大了老死了。

　　那天，挤着观望的人很多，一群人哭得很伤心，他们排着很长的队。没想到，有一天，我也加入了排队的人群里，送走了姥姥。我哭不出来，没有泪。姥姥出殡那天，是二大爷开车送我去的姥姥家，我没有看到姥姥的遗体，而是跪在姥姥遗像的旁边，磕着头。

　　我最后一次去姥姥家，是姥姥离开多年后表哥开门领我进去的。再到姥姥家，家里已经是空空荡荡了。不过，屋里那些黑白照片和那个挂钟依然还在原先的地方摆着，只是姥姥走了多年！

炸年货

小时候过年，最盼望的就是看父亲炸年货。父亲会把买来的猪肉切成一长块一长块的，再把面糊和好，把肉放到面糊里捞出，放到油锅里炸。等到肉炸得金黄，父亲就用笊篱捞出来，放在箅子上。父亲会提前在箅子上铺一层煎饼，防止油外溢。因为过年的关系，父亲会炸很多。

过年，父亲单位分了一箱刀鱼，刀鱼拿回来，父亲就开始收拾。他把刀鱼切成一块一块的，一部分用来炸，一部分放在冰箱里。炸年货，是过年时家里的一种习俗，已经延续很多年了。每到除夕来临之前，父亲就会戴上围裙，在厨房里炸年货。

过年炸肉、炸刀鱼成了父亲每年都要做的一件事情。他把刀鱼裹上面放到油锅里炸得金黄捞出，将炸好的刀鱼放在箅子上。父亲每次都会炸很多，一来上供要用，二来过年家里招待客人用，再有就是自己过年吃。厨房里没有暖气，很冷，父亲就穿着厚厚的衣服在厨房里炸年货，一炸就是几个小时。我总是站在厨房里看着父亲炸年货，年货炸好我就拿着吃。父亲的手艺是很不错的，炸的肉和刀鱼都特别好吃。

　　我总是忘不了父亲站在灶台前为我们炸鱼和肉的场景。他往前弓着腰，在厨房里忙来忙去。因为我特别喜欢吃刀鱼，父亲总是炸很多。年一过，家里的箅子上还会有很多炸好的刀鱼。

　　随着岁月的流逝、父亲的年老，如今过年时家里炸肉和刀鱼这样的习俗也没有了。但到了年底，父亲会去市场买点炸肉，炸刀鱼也就只能在我的梦影里了。

父亲的守望

一

那年，身体不太好，总感觉自己的青春耗尽得快，血压突然升高或者心率突然加速，备受煎熬的我和药成了忠实的朋友，那是我唯一的精神寄托。

大学校园里，大把大把的药陪着我，总觉得离开了药的滋养身体会垮掉，精神也就没有了支撑。2009年暑假在家的时候，吃了没几口螃蟹，身体突然不适，呼吸变得困难，有一种憋久了喘不上气来的感觉。晚上九点钟，我让父亲送我去医院接受治疗。父亲慌慌张张地穿好衣服，陪我出门。我坐在父亲车的副驾，父亲车开得很快，心理作用让我感觉车行驶得很慢，不断地催促父亲开快一点儿，真怕自己就要不行了，要倒下了。对于"死亡"的字眼，脑海里根本没有概念。

到了急诊室，医生没有发现食物中毒的症状。关于我的病症，医生也束手无策。中毒的一些特征在我身上也没有，不可能刚吃完就反应那么快，也不可能过敏，我不是过敏的体质，以前经常吃螃蟹都没事。至于说螃蟹坏了，吃了几口也不会有这么大的反应。我在医院急诊室的病床上躺着，医生给我挂上了吊瓶。父亲坐在我的床边，守望着我。此时，我感觉到我的心脏跳得很快。那晚，大爷和大娘得知我住院的消息，匆匆忙忙赶来看我，这让我很过意不去。当时仅在医院住了一天就返回家中休养。

几天之后，身体没有任何症状了。之后的一天傍晚，我和母亲在家吃饭，母亲特意炸了我爱吃的刀鱼，父亲去石佛堂上班。晚饭过后，我的心率突然加速，呼吸又变得困难。由于身体紧张，血压升高，感觉到了头晕，是大爷开车送我去的医院。在医院等待检查的时候，我不断地喝着热水，缓解呼吸困难的症状。其实，就是让自己的紧张慢慢得到缓解。经过检查，心率过快，一分钟近两百下，有早搏的现象，我不得不住院治疗。母亲陪我在医院里打了一晚上的吊瓶。第二天，父亲匆匆到医院看我，抚摸着我的脸颊告诉我，打几天针就没事了。医生推测我可能有心脏病，需要进一步检查确认。父亲的脸色变得苍白，他比我要紧张。检查结果心脏并没有任何的异常，全家人的心总算放了下来。早搏，这可能与我之前感冒引起的心肌炎有关。

二

小时候，我经常感冒，一感冒就发烧，必须到卫生室打针。有次感冒发烧，没有及时治疗，留下了心肌炎的后遗症。有一年，临近放假，我在卫生室打针，是父亲去学校替我领了一个本子，本子是奖励学习好的学生的奖品。那天，我看到了父亲脸上久违的笑容。

由于心率过快，2009年我住了一星期的院。医生告诉我，心率过快容易导致猝死，必须留院观察。医生询问我的家族中有没有什么心脏疾病的遗传史，父母直摇头，表示没有。母亲告诉医生，可能与我小时候感冒发烧落下的心肌炎病根有关。

那是我第一次住院，母亲陪着我。我呆呆地看着天花板，不知不觉睡着了，母亲却一夜未眠。父亲由于工作忙的原因，第二天才来陪我打吊瓶。

我住在心脏科室的病房里，父亲陪着我。每天我都要来打营养吊瓶，治疗心肌炎留下的病根。我躺在病床上，一缕阳光，斜斜地照在我的脸上，暖意融融。看着那缕阳光，我就特别向往外面的世界。我转头看着父亲沧桑的脸，他满头的白发，坐在我的床前看着我，眼里满含着泪水。我们一句话都没有说。

我的隔壁床上，躺着一位七十多岁的于爷爷，子女们都陪在身边。他是昨天夜里才住进来的，在家里突发心脏病被紧急送往医院，经过抢救才保住了一条命。临近中午，我的吊瓶快打完了，于爷爷的儿子从家里给老人带来了韭菜炒鸡蛋，一打开饭盒，那韭香味瞬间蔓延开来。于爷爷的儿子让我一块儿吃点儿，父亲说要带我回家吃。老人吃完饭，有说有笑地和我们聊着，突然老人心脏病发作翻了白眼，家人不断地呼喊着，可老人已经没有了意识和反应。家人赶忙叫医生，医生匆匆跑进病房进行心肺复苏。几分钟后，老人渐渐有了意识，又恢复了常态。

我在病房里住了一星期，出院后，药就一直陪伴着我后续两年多的大学时光。药成了我唯一的精神依托。我相信，在人生挫折的命运里，坚强的人收获最多的就是快乐和幸福。在我人生陷入低谷的时候，药没有离开过我，幸福也离我越来越近。

提到幸福，让我感到幸福的是大学里我不仅收获了爱情还收获了友情，想起那些离开多年的学友和一直在我身边的爱人，我的眼泪也禁不住簌簌而下了。

过了这么多年，身体还是老样子，工作一忙起来感觉身体还是有些吃不消。还记得有一次参加婚礼，是舅家三哥的婚礼。那天中午，父亲接我过去吃婚宴，婚宴设在三舅的家里。我在小院里独自一个人坐着，头晕、心慌使我无暇顾及新娘的容貌，那天参加婚宴的客人，我也没有了印象。结婚典礼的那场面我也错过了。

头晕，心率过快，让我不得不倚靠在墙上，晒着太阳，感受暖意融融。我不知道，当时自己经历了什么，整个人无精打采。

三

父亲的身体不好，走路一瘸一拐的。那年，家里开豆制品售卖店维持生计。得知父亲因为头晕住院，我从黄岛区辞职回家。看着父亲躺在床上，打着点滴，我的心里久久不能平静。我望着父亲，就像当年父亲守望着我。回到家后，父亲的身体并没有多少好转，走路始终一瘸一拐。

我陪父亲去医院骨科查询，无果后，只得回家慢慢吃药调理。父亲怕得要命，又去医院做了体检，一切都正常。父亲每天走路一瘸一拐，这让他的心里焦灼不安。家人反复地劝说父亲过段时间就好了，可父亲还是半信半疑地过着每一天。

有一天，父亲应朋友之约到外面吃饭。坐在车上，父亲感觉头晕得厉害，提早回到家里。到家后，父亲躺在床上，开始自己测量血压，血压高得很，没办法，母亲只得打电话给大爷。

是大爷背着父亲下的楼，然后去的医院。一开始，大家怀疑是大脑有问题，CT检查结果正常。后来，才找到病因，是脑部血管栓塞。父亲开始在医院接受治疗，直到康复出院。出院后，父亲再也没有一瘸一拐地走路了。

四

医院打来电话告知，我的孩子病危了，需要做手术。父亲知道后，匆匆忙忙和我去医院。我们只得在新生儿科的病房门前往里面观望。医生把情况大致和我说了，给出了两种建议：一种是转院治疗，一种是在当地医院治疗。由于孩子的肺部有积水，需要将积水排出体外。做手术的风险性很高，但医生是有相当大的把握的。我们难以抉择，考虑要不要转院。

父亲沉着脸，要求转院。由于市医院床位紧张，当天晚上不能接收入院。没办法，最终还是决定在当地医院治疗。主刀医生把我喊进了办公室，把孩子的情况和手术的风险告知了我，然后让我签字。我没有任何犹豫就签了字。父亲守在门外，就像守候当年的我一样。

我把情况告诉了岳母，并没有告诉妻子。妻子刚做完剖腹产手术，需要休养，怕把事情告诉了她，对她身体恢复不利。妻子就住在三楼的病室里。孩子剖腹产出来，由于呼吸问题，直接抱进了保温箱，孩子的母亲与孩子一面都没有见到。她不断地询问孩子，我们只得告诉她，孩子身体很好，住几天就能出院了。她不知道，这一晚也许就是永远的别离了。

岳母走了上来，我把医院病危通知书拿给了她。她沉默了很久都没有说话。我让她下去休息，临走，她告诉我，就看孩子的造化了，他要有命活就能活，没命活就是天意了。此时，母亲带着大儿子过来了，是父亲接来的。我告诉母亲，手术已经开始了，让她回去休息。医生让我留在此处。大儿子并不知道，他与他那未曾见面的弟弟，也许是生与死的别离了。

父亲送母亲回家后又来了。我在医院走廊的躺椅上坐着，父亲坐到了我的边上。手术很顺利，孩子暂时没有事，需要观察。我让父亲回去休息。父亲走后，打电话说在车上休息，有事给他打电话，我劝他赶紧回家休息，明天说不定还要过来。我知道，父亲不愿意离开这里，他不想和他未曾见过面的孙子分别。

我在医院的躺椅上不知不觉睡着了。护士长走出来看到了，让我到医院的病房里躺一会儿，她交代护士给我打开门。医院的病房里就我一个人，外面机器声轰隆隆地响着，吓得我无法入睡。不知过了多久我睡着了，醒来已是天亮，孩子也没有事了。

五

桐桐过生日，我们到饭馆要了一个包间，点了一桌子菜。孩子的母亲提前订了一个生日蛋糕，送到了包间。我们在饭馆里吃饭，吃到最后要了几斤水饺，当作主食。

在生日聚会即将结束时，我的身体明显感觉到不适，一种说不上来的感觉。感觉自己一瞬间仿佛要进入另一个世界，我知道这都是自己的遐想。我的身体状况时常这样，经过一段时间就会出现一点儿不适感。不过，我已经习惯了，每次都不会太往心里去。

　　那晚，父亲不放心我的身体，陪我去医院做心电图。在医院的走廊上，父亲焦急地走来走去。我知道他担心我的身体状况。早搏，是我躺在床上用手摸出来的。多少年了，因为心肌炎的问题，遇到感冒发烧可能就会有早搏、心率过快的症状。但每次心率过快，我都觉得可能是紧张的原因，越紧张越容易导致心率过快。医生过来，询问了我的身体状况，问我感觉有什么不适。这一问，我还真不好回答。我告诉医生，可能是由于紧张的原因，身体感觉到不适。医生继续询问我，不管是否紧张的问题，让我把身体的不适感告诉他就行。

　　我告诉医生，某一瞬间会突然感觉到呼吸困难，一瞬间就会心慌，心里没着没落的。医生让我躺在床上，挽起裤腿和袖子，把胸膛露出来，给我做心电图。心电图做完，结果是心律不齐、早搏。医生让我第二天到医院抽血，检测心肌酶。当时，因为嗓子缺水的原因，干渴得要命。医生又让我明天一块儿检查一下甲状腺。他给我开了一些药，让我回家吃。母亲去药店，帮我把药买回来。

　　回家的路上，我开着父亲的车。到楼下，换父亲开车回南区的家，他嘱咐我回家把药吃了。回到家，身体已没有什么不适的感觉了。其实，我是时常有不适感，不适感一过去，身体又恢复了常态。我还记得，有次去辛寨张老师家做客，他特意准备了一桌子菜，听说我来，另一位张老师也赶来，他买了酱骨拿来招待我。席间，我们谈了很多，最后聚会结束时我身体就感觉明显不适。

　　张老师让我躺在沙发上缓缓，为我量了血压，血压偏高点，可能是血压偏高导致了身体不适，没多久，身体不适感好了很多。我准备往回返时，张老师担心我的身体状况，想让我多休息。

　　那天，我按照医生的嘱咐，去抽了血后回到家里。父亲打来电话询问检查结果，我说下午去拿。下午拿到结果，我告知父亲，结果一切正常，不用担心，吃点药身体就会好了。

晚上，爱人回到家里后询问我的身体情况，我告诉她抽血化验结果正常。她开玩笑似的说："能活就活，不能活就拉倒，以后可别整这景了。"

那晚，我躺在床上，睡得特别踏实，心胸也变得开阔了。

成长至今，幸好有父亲一路的陪伴和守望！

看《西游记》的往事

搬到县城租房居住时，家里有一台黑白电视机。那时，电视机是靠屋顶上的一个"铁锅子"接收信号。"铁锅子"绑在屋顶的一根木棍上。长年累月，我们就是靠"铁锅子"传输的信号观看电视。

那晚，我们打开电视机，正好在播电视剧《西游记》。我从小就喜欢《西游记》里的人物，特别爱看《西游记》这部电视剧。屋檐上"铁锅子"传输的信号不稳定，导致家里的那台黑白电视机时常闪出"麻花"，密密麻麻，十分影响观看的效果。父亲开始用手拍打电视机，希望信号能稳定一点儿，这一拍不要紧，电视播放的画面成了一片麻子。没法看电视，我就开始吵着闹着要父亲去维修。

父亲从老屋的墙角搬来一架梯子搭在屋檐的旁边，开始往屋顶爬去，他准备移动一下"铁锅"，希望信号能更稳定一些。父亲每移动"铁锅"一下，就在屋顶大喊，问屋里的电视有信号了吗？这一晃动，还真别说，"铁锅"有了信号。父亲从屋檐下来，刚进屋，电视就又出现了麻子。此时，电视播放的那段《西游记》我正看在兴头上，突然看不成心里别提多难过了，又开始哭喊了起来。

父亲又爬上了屋檐，继续挪动"铁锅"，希望能找一个好的位置，便于接收信号。只要父亲在屋檐上扶着"铁锅"，电视里就有信号，父亲一到屋里信号就消失。没办法，父亲往返屋檐几次，调整了多个角度，效果均不理想。为了不耽误我观看《西游记》，父亲就扶着"铁锅"直到电视剧《西游记》播演结束。那时，电视台每晚都要播两集电视剧《西游记》，父亲就整整站了两集播放的时间。现在想来，真是很对不起父亲，为了自己能看到喜欢的《西游记》，让父亲在屋檐站了很长时间，而且天还那么冷。冬天，父亲又穿得那么单薄，我很难想象父亲站在屋檐上的场景。

有时，夜里睡不着觉，我就会想起这段往事，我仿佛又看到了父亲，穿着单薄的衣服站在屋顶，双手扶着"铁锅"，不断地调整着位置，好让屋里的信号更稳定一些。每次想到此景，我就觉得对不起父亲。

每次，和父亲聊起这段往事，他也总是笑笑，觉得是自己应该做的。这就是父亲，这就是他爱我的方式，为了孩子，他什么都愿意去做，无怨无悔。

童年往事

　　关于童年的往事，有些是记忆深刻的，有些是模糊不清的。那年，搬离故乡的那天，我们租了一辆货车，拉着全部家当，趁着茫茫的夜色，驶离了居住多年的故乡。父亲是从小在这里长大的，他对故乡有着特殊的情感。小时候，他常在庄稼地里的那片土坡上玩耍。离开故乡后，我们对故乡的思念越来越浓烈，老家院子里栽的那棵枣树，是我们思念、依恋故乡的情结。

　　夜深人静，我又想起了故乡。我已经有几十年没回到故乡去了。我曾居住在故乡里的那段往事，也渐渐消失在我的脑海里。通过父亲的叙述，我又想起了童年时的一段往事。那天，父亲疲倦地躺在床上，鼾声如雷，此起彼伏，吵得人不能安静。我那时还小，六七岁，在家没事可干，就从抽屉里翻出一盒火柴，不断地在屋里划着。我扔掉火柴的瞬间，火星燃着了沙发的边缘，火光逐渐大了起来，吓得我跑了。浓烟从东屋里不断地往外喷着，一股呛人的烟味蔓延开来，不一会儿烟就跑到了父亲的卧室，把父亲呛醒了。父亲跑出卧室，拖出燃烧的沙发把火灭了，避免了重大事故的发生。

　　通过母亲的讲述，我还知道了童年的一段趣事。小时候，家里包饺子，一般不过年不过节是很少包饺子的，因为包饺子是奢侈的事情。那天，母亲为全家包了饺子。母亲包好饺子，父亲领着我去灶房煮饺子。灶房锅灶的底下，有些煤灰，我抓了一把，趁父亲煮饺子的工夫，把煤灰撒进了煮饺子的锅里，煤灰和饺子瞬间煮在了一起。饺子自然是不能吃了，父亲受了母亲的责备。

　　我们从老家搬到县城居住，母亲把家里养的一只大鹅带到了租房的地方。那是家里养了几年的鹅。搬到租房的地方居住，家里亲戚要来给祝贺。那晚，家里把那只鹅炖了，招待了亲戚。初到县城是家里最拮据的一段日子，每当母亲回忆起这段往事，眼里总是含着泪水。

　　现在，住在宽敞明亮的房间里，我就时常想起家里的那棵枣树，想起租房居住的那段日子，还有童年里的往事。如今，我们的生活如那甜甜的枣子，越来越甜蜜了。

雨

  窗外又是稀里哗啦的一阵雨声，雨下得有点急，噼里啪啦打在窗户上扰着人的清梦。其实，我是特别喜欢雨的，尤其到了夜深人静，只要听到雨哗哗地下个不停，我就开心得像个孩子。多年前，我上初中时，睡觉前，屋外下起了大雨，电闪雷鸣。我躲在被窝里，不能安睡，就会打开收音机听着电台的节目。

  小时候，在故乡泥泞的小路上，我会静静地站在雨中，看那些雨在坑洼的路面上聚集起来的浅水洼，雨滴哗哗地落在浅水洼里，荡漾开一圈圈波纹。无论雨下得有多大，作为一个孩子，我总是不怕雨淋，站在雨中看着那泥坑里一圈圈波纹荡漾出美丽的水花。现在想来，故乡泥泞路上的水花，是多么让人怀念啊！

  离开故乡多年后，就越来越怀念故乡的雨。在那条泥泞的路上，有一个孩子童年最美好、最快乐的时光。那时，我总是站在雨里，双脚蹦跳在水洼里，让那些水花四溅开来，泥沾满了全身。那天，我浑身是泥，简直像一个泥孩。看到自己的模样，我总是哈哈大笑，这就是童年的乐趣。如今，故乡的路已没有了泥泞，那些浅浅的水洼也找不到了，我就更怀念童年时在故乡居住的那段日子，和自己蹦跳在故乡雨里的时光。

雨天，走在柏油路上，时常看到那些积聚的水洼里有孩子蹦跳的身影，就感觉孩子是多么的幼稚，溅得自己满身的泥还乐此不疲地跳着，这就是孩子快乐的本性。我那时，踩在故乡泥泞的水洼里，蹦蹦跳跳看着泥水四溅，那是多么的幼稚和可笑，再回忆起来又是那么难忘。

今夜，窗外又是凄风骤雨，雨打得窗户啪啪地响。多想，雨能这样一直地下着、下着，这样老家那几棵可怜的树，就会在雨的滋润下，枝繁叶茂。

看车人

　　小时候，到集市上去，时常看到看车人的身影。她们找一个有树荫的地方坐下，用一根绳子把要看的车子穿起来，发给车主一个手写的牌子，车子上再挂一个牌子。这样是为了更好地区分谁是车主。

　　看车人只有在集市这天才会出现，靠看车子挣点生活费。来停车子的人很多，他们生怕一不小心车子就丢了。那个时候，出行大多是骑自行车，电动车还不普及。集市上来来往往，什么样的人都有，他们担心车子被人顺手牵羊，这不是没有可能的事。所以，大家还是愿意找看车人帮忙看车子，确保自己的通行工具不被顺走。

　　现在，看车人已经逐渐退出了历史舞台。在天眼如网的信息时代，已经不需要看车人了。但那些看车人的身影时常在我脑海中出现，我始终忘不了集市上曾经为我们看车的守护者。她们手里握着一把号牌，拿着一个马扎坐在树荫下，等待骑车赶集的人到来。

　　小时候，母亲常带我去赶集，把车子停在集市的看车人那里。看车子的是一位中年妇女，五十岁左右。因为家就是附近的，所以一大早就赶到了集市帮人看守车子。看车的价格也不贵，每辆车子收一元钱。

如今，已经很少能遇到看车人了，她们在我的生活里消失了。

老手艺人

叫卖的手艺人是越来越少了，能够维持生计似乎成了一个难题。他们不屈服于现在的生活困境，即使所得报酬再低，他们也愿意从手艺中获得幸福。

许多独具特色的老手艺人，他们的手艺似乎没有人再继承了。我曾在小区西门看到一名老手艺人，他正坐在那里维修着老大娘拿来的菜刀。现在的生活，似乎不像以前了，菜刀用旧了，基本都是再买一把新的菜刀添补家用。不像以前，菜刀坏了拿给老手艺人维修过后还能再用。

生活条件的改善，让我们很少再看到老手艺人了。老手艺人会的东西很多，谁家的菜刀、水壶、铁锅、雨伞坏了他都能维修。我曾看到这位老手艺人维修菜刀，菜刀的刀把脱落，刀也钝了，切不动菜了。老手艺人手脚麻利，一会儿工夫，他就把刀把固定好，刀刃也磨得锋利了。小时候，我常听到老手艺人在小区里吆喝："磨剪子、磨菜刀了。"听到叫声的，都拿着菜刀下楼排队磨刀。

家里有几把雨伞，长年累月地用，坏了，搁在了一个角落里。有的伞不是撑不起来，就是伞把坏了。这要搁在几年前，有修伞的老手艺人，他们走街串巷，随处可见，把伞给他们，一会儿工夫就能修好。现在，想遇到这样的老手艺人是很难的了。

有一天，我闲来无事到集市上赶集，看到了修鞋的老手艺人。别说，像修鞋这样的老手艺人也很少看到了。记得，有一年，穿的鞋裂了很深的口子，没法再穿了就扔在了家里的一个角落里。有天，爱人回家，告诉我他们上班的地方门口有一个修鞋摊，我很是高兴，赶忙拿着鞋去修鞋摊。修鞋的是一中年妇女，动作也是极其麻利，一会儿工夫我那裂了口的鞋就修好了。

如今日子越来越好了，可我还是会怀念从前，怀念那些老手艺人。天下起了雨，拍打着窗户啪啪地响着，看着窗外的雨，我又想起了那些老手艺人，还有那几把坏了的伞。

苹果红了

又是苹果红了的季节，又到了忙碌的时候。在昌邑花园村这片热土上，种植苹果成了家家唯一的经济来源。岳母家就是其中的一个果园种植户，靠种植苹果脱贫致富。苹果成熟的季节那甜甜的果子挂满枝头，点点果香沁人心脾，整个村的村民都乐开了花。

给我留下深刻印象的是，全村都在种苹果、收苹果、卖苹果。他们靠种苹果、卖苹果，养活了一大家子人。为了改变贫穷的面貌，创造好的生活环境，岳母天一亮就捎着苹果到集市上售卖。为了选择一个好的摊位，卖出一个好的价钱，凌晨三点，岳母就赶到集市上去。这是她生活的常态，她日日夜夜不停地劳累着、忙碌着。在一次次起早贪黑中，她收获着，幸福着。成熟的苹果像极了姑娘们那水灵灵的脸蛋，那么招人爱。我们家从没种过果树，地也没有种过，从小就随父母到城里讨生活，对于果园我几乎是陌生的。自从认识了爱人才有机会走入果园，才能真正体会岳母的辛苦。

每到收苹果的时节，我总是想和岳母一起摘苹果，可岳母总是会用各种理由拒绝。其实，我知道岳母是不愿意让我跟着她天未亮就一起去果园吃苦，但岳母却总是拗不过我想去的倔劲儿。天未亮，岳母骑着电动三轮车载着我一路颠簸前往果园。

我静静地坐在车斗上，抬头满天星斗，低头花草掠过。你看，那些平时不起眼的花草，此刻却成了最美的风景。草丛里，一种不知名的虫子，唱着唯美的歌曲，响在这一望无际的果园中。果园里，苹果在寒风中显得格外饱满，露水沾染的苹果粉红，用手托着苹果轻轻一摘，苹果便瓜熟蒂落。摘苹果看似简单，但要从早摘到晚，一刻不停地摘下去。不知有多少个日子，岳母在苹果园里辛劳地摘着苹果，又有多少个日子，岳母是在果园里度过。

离开这片热土，就更怀念这里朴实、善良、勤劳的人。秋风吹过，又是一个不眠的深夜。

大学往事

一

我与菲菲相识于大学里，那年，菲菲大学毕业选择了留在济南市里工作。她比我大一级，是我的学姐，比我要早实习一年。准备实习那天，我们一起吃了饭，算是离别学校时的欢聚吧！鲁在回故乡的路上遇到一女孩霞，两人结识，后来渐渐地有了好感，走在了一起。

霞和菲菲都是一级的，所学的专业都一样，只是不在一个班上课，互相不认识罢了。因为她的头发特别的卷，像一个钢丝球，很多人都对她有印象。我们第一次见面是在学校外面的一个餐馆里，鲁要介绍一个新朋友给我们认识，那时我就被她的头发吸引。

渐渐地，我们就经常聚在了一起，因为和鲁走得近，我们几个几乎成了形影不离的朋友。某次，我们相约到学校操场的羽毛球场地打球，我和菲菲一组，他俩一组。羽毛球和羽毛球拍子忘记是在哪里买的了，离校后我也没有再见过它们。那天，我们四个打了一下午羽毛球。

晚上，我们到学校的小吃街小聚，这是很难得的一次聚会。往后的若干年里，因为距离的原因我们就没再见过。后来听说，鲁和霞最终并没有走在一起，由于种种原因不得不分开。

我记得那年"十一"，学校放假，我们一同去北京游玩，菲菲没有去，选择回家。那次去北京，我带回来了许多特色糕点，回到学校时还在"十一"假期中，我便回了家，鲁和霞则留在了学校。

那年，菲菲要到校外实习，找了份工作，在济南市里。霞决定和菲菲一起去那儿工作。于是，那天晚上，我们到校外一家骨头店吃的大骨，算是为她俩送行。那天，龙飞想约着琳一块儿到外吃饭，因为他对她有好感，都是从一个地方走出来的，只是，琳并没有相中他。我也是"十一"假期回校才听说的，听说龙飞追了学校的一女孩，为她写了一封情书，后来也被拒绝了。

龙飞曾向我介绍过她，我们彼此都很熟识，于是决定一起吃饭。那天，我们喝了很多的酒，以至于喝醉了也不愿意回学校。其实，我们心里都明白，聚会对我们来说终究会有散了的时候，不光她们要离开学校，我们也会离开这里。一想到在一起欢聚的那段时光，眼泪就忍不住地往外涌。我们经历过太多离别了，从小学、初中、高中再到大学。

高中时，音乐课上我唱歌的情形时常在我的脑海回荡。那天，没想到五音不全的我竟然有勇气唱了那么一大段歌。唱完后，老师给了我鼓励。提到鼓励，我就想起了有一年我想学唱歌的事情，然后去了一位熟人那里听课，那是一个教授音乐课的辅导班。头一天去，听到比我年龄小的孩子唱歌，他们在老师的指导下唱得有模有样。老师让我也唱两句，唱我喜欢的。

我鼓足了勇气，唱了一首《同一首歌》，歌唱完，老师的点评我记忆深刻，她说我的嗓音有唱歌的天赋，我唱的歌里有一句"水千条山万座我们曾走过"，就这一句在调上，其余的都没唱准。她说，我要是认真学的话，一定能唱得很好，可惜的是那天后就再没去听过课，以至于现在我都想不起她的样子来了。

菲菲走的那天，我们聚餐完往回走。我们不知道，这一别会是什么时候再见。她说到那里工作后，只要休班就会来看我。第二天，我们去女生宿舍帮她俩收拾行李，到北门送她们。那晚，公司的车来接她们走，我们还是有些不放心，担心她们的安全，记下了那辆车的车牌号。车子驶远了，我们几个回到学校，吃了饭回宿舍休息。那夜，我整晚未眠。

二

周末，菲菲和霞休班回学校看我们。我们在学校的小吃街上相聚。这次是我们四个人在一起的最后一次相聚。后来，由于种种原因，霞回到了家乡工作，离开了济南这座城市。

她离开济南后，我就没有再见过她。每每回想起聚会的场景，我就想起那个活泼可爱的女孩。她总是说说笑笑，有着说不完的话。我从来没看过她紧张时的样子，只有一次我们从朱家峪的后山爬往朱家峪古村落时，我们在山林里迷了路，找不到方向，她害怕极了。她的眼神非常好，大老远就能看到树上结的红色小野果，她摘了满满的一口袋，还赠予我们，怕我们迷失在这大山里走不出去，可以靠吃野果充饥。那天，我们还是顺利地到达了朱家峪古村落，只是爬行的过程异常艰辛。

霞走后，菲菲时常回学校看我，我们经常到校外的义乌小商品城或者市里的百货大楼逛逛。每次经过市里的百货大楼，我总想起那天，我们一起陪着霞去百货大楼购买笔记本电脑。她买了一个白色的笔记本，价格我记不太清楚了，是在柜台的联想专卖店买的。她在里面买电脑，我们在百货大楼的门口等着。我记得第一次到百货大楼时，是陪着鲁来购买二手摩托车。他是在网上看到了售卖人的联系方式，约定在百货大楼见面，结果，对方让先付款，所以后来摩托车也没买上。

我们在百货大楼的附近游逛，有一家手机营业厅，我们进去观看。这家手机营业厅地方很大，里面有许多摊位售卖手机。当时，我看中了一款诺基亚手机，因为上高中时见同学用过，就特别希望自己能拥有一部。我是攒了好几个月的生活费购买的，购买那天是同学陪我去的。这部手机陪伴了我大学两年多的时光，后来这部手机搁在了家里的抽屉里，已经不能再用了。

三

有次，菲菲到校找我，我们决定去百脉泉游逛。虽然在章丘生活了好几年，但百脉泉我一直没有去过。那天，我们抵达百脉泉，看到栅栏的旁边有一对情侣，在艰难地往里面爬着。女生爬栅栏显得特别笨重，踮起脚来还是无法攀爬到栅栏的上方。于是，男的开始托着女孩的屁股，让女孩往里面爬去。在费了一番工夫后，女孩终于进到了景区。

我很难去描述这里面的景色，美得让人舍不得离开。特别是这里的泉水，听说特别甘甜。那天，好多人都到这里接水，有的拿着矿泉水瓶子，有的拿着大桶。我没尝过这里的水，就无法告诉你是否甘甜，但我想，只要你的心情是快乐的，苦水也会变甜。

我们在景区里游逛，留下了两人许多珍贵的照片。

四

我离开学校后，到外地工作，时常会到菲菲工作的地方找她。那次去找她，是因为她准备回家，我开车去接她。

那晚，我们在她工作的地方小聚。因为周末的原因，单位的宿舍里没有人，做饭的大爷也回家休息了。我们到灶房里准备晚饭，我炒了一个蒜薹炒肉和一个西红柿炒鸡蛋。我们在宿舍里边吃边聊。

第二天，我陪她收拾行李，因为我开车来的缘故，她要带的东西就特别多。一些原本根本不打算要的东西也装上了车，衣服、暖壶、洗漱用品等生活用品装了一大车。原本计划上午出发，可菲菲的两位同事非要挽留着中午一块儿吃个饭再走，算是给菲菲送行吧！难得相处了这么长时间，临走了，是应该聚一聚的。我还是能看出大家那种不舍的眼神。她们在一起工作了长达三年之久，每天大部分时间都待在一起，所以感情很深。

我忘了是在市里的什么地方相聚了，只记得吃饭时饭店里人多吵得要命。她们在依依不舍地话别，我知道以后她们可能很难再见面了。因为路途遥远，再加上人生中许多的变故，即使说好的事情也不能保证一定就能做到。

聚会结束，我们起身离开。我把车开到饭店门口，菲菲上车，在我开车即将走的那一瞬间，她满含热泪，激动得说不出话来。"要照顾好自己。""你也是。""你们也一样。""我想，我们还是会回来的，再见！"那一刻，她注定了与这座城市告别。

往回走的路上，她的心情还是不能平复。车窗摇下，风吹着她的脸庞，一股酸楚又涌上了她的心头。

五

菲菲大学时相处很好的朋友恬要结婚了，问菲菲能不能去参加她的婚礼，可惜的是有了孩子以后，孩子成了自己的牵绊，再加上路途遥远，菲菲并没有去参加恬的婚礼。

她男朋友个子很高，有一米八左右，待人和善。他们是在工作时认识的，男的比她大很多岁。我第一次去她家那晚就见到了他，他正坐在沙发上给她捶腿。他时常会到她居住的地方看她，给她买些东西，嘘寒问暖一番，希望能得到女朋友的好感。那时，他们也是刚认识不久。

我和菲菲住在恬那里，也是多有打扰，想请恬到市里吃饭，也正好顺便逛逛市里的夜景。由于恬工作时常加班的原因，只能挪到他日。恬在一中介售卖房子，每天都是大会、小会，有一大堆的会要开，工作很忙，每天几乎都要加班，有时会加班到很晚。

那天，恬下班比以往稍早些，我们便相约到市里去吃自助。我们到时，人很多，已经没有空位子了，只能在门口等。在门口等待的人很多，只要有闲置的桌子，等待的人就可以进入。我们等了大约二十分钟才有位置，一直吃到自助即将打烊时才起身离开。回去的路上，我们特意去夜市上逛逛。这里有很多卖东西的，摆了长长的一条街，我看到摆摊的多是一些年轻人，有的是一对恋人。这里售卖的生活用品非常齐全，卖的多是女生用品。

我时常想起大学校园里，隔壁工程职业学院就有摆摊的学生，她们在宿舍楼前面的道路上也是摆了长长一条街。她们都是这个学校的学生，夜里，在地上铺上一块布，或者拿一个电脑桌支在地上，上面放上一个台灯，用来照着自己售卖的东西。毛绒玩具、女生头饰、手机装饰品，等等，都是一些小玩意儿，价格不贵，来看的人和买的人都不少。

自从我离开学校就很难再看到这样的场景了。

六

在恬家里住着，周末无事可干，便坐车和菲菲去南部山区游逛。鑫从青岛来到了济南工作，听说我要去南部山区游逛，便相约一起前往。

坐公交车去南部山区，在车上挤得要命，坐车的人很多，尤其是附近的学生，到了周末就想出去逛逛。我们挤在公交车里，难受得很。车到达南部山区，在弯弯曲曲的山路上行驶，走走停停，行驶了一个多小时才到达红叶谷风景区。

到达红叶谷，鑫已经在那里的公交站牌下等我们多时，我提前在网上订好了三张票，检完票，进入景区。山上是满山遍野的红，红得让人的心情不自觉地愉悦了起来。在这里，我们每走一步就是一道亮丽的风景。我们边走边拍照，记录下在这里的每一个瞬间。

返回的途中，我们相约在附近的一家饭馆里吃饭。景区的附近有许多饭馆，我们找了一家，点了一桌子比较有特色的菜，其中有一道炸小河虾是我比较喜欢的，用来卷煎饼吃味道非常独特。我从小就喜欢吃煎饼，最早家里开小卖部时，我家的旁边就是卖煎饼的，老板两口子是沂源县人。他们的煎饼摊得非常好吃，我们家几乎天天都要买他家的煎饼。

有一回，房东家里用虾酱炒鸡蛋卷煎饼吃，特意给了我一个。我没有吃够，还让母亲帮我去要，结果，房东家里虾酱吃完了，之后我也没有再吃到。

下午，与鑫在公交站牌前告别，约好了晚上到市里再约在一起聚聚。因为下午还有很长的时间，改为自由活动，我们坐公交车去了各自想要去的地方。

七

晚上，约着鑫去吃自助。我们找了一个位子，然后去拿东西吃。爱人拿了几只小螃蟹，涮火锅时煮着吃。我是不愿意吃螃蟹的，吃了一次螃蟹伤着身体后，我就没再敢碰过。

以前老姑过生日时，我们全家都要到老姑家给她过生日。老姑父做了一桌子的菜，其中就有螃蟹，而且每个都很大，我一次能吃好几个。以后由于种种原因我就不再吃螃蟹了，所谓"一朝被蛇咬，十年怕井绳"，这句话一点儿都没错，我的亲身经历就印证了这句话。在此，我就不叙述当年那段生与死的经历了。

爱人喜欢吃螃蟹，拿了很多，本来鑫也要吃的，一看到是活蟹子且要拿到水里去煮，这画面过于残忍，他也就不吃了。

聚会结束，我们到市里的广场游逛，那里有个教堂，夜晚的外景非常漂亮。我特意在那里照了一张相留念。往后的许多年里，我们各自离开这座城市，就没有再来过。

八

听说明在济南和媳妇摆夜摊讨生活，我逛夜市并没有见到他。明是我大学时的同学，刚开始我们并不认识。我在大学学的是汽车检测与维修，被分配到四班。我们汽车工程学院一共分了四个班，一、二班在一个教室上课，三、四班在一个教室上课。我刚去时，由于教室没有空闲的位子，导员让我暂时到一班上课。

我刚搬入宿舍的时候，也是大家临时凑在一块儿，鲁和飞是一班的，俩人都是内蒙古人，其实光看他们的身形和性格你很难分辨出他俩是从一个地方走出来的。因为我们时常在一块儿的原因，以至于后来他们搬离了宿舍，我们还是常在一块儿吃饭。

那天，飞第一次来宿舍报到，把铺盖和乱七八糟的东西都扔在了床上，睡觉前也没收拾，可能是坐了一天的火车累了，衣服也没脱，躺下就睡着了。后来，我们几个人到校外租房子，那时他们邀请明来玩，我们才认识。

我最后一次见到明是在离开公司的多年后，我到小镇工作时，他来小镇出差，那晚我和飞约着他一起在小镇找了个饭店相聚。我们喝了许多酒，他还是和以前一样，没有太大的变化。

那夜分别后，我们就没有再见过，其中也包括飞。

九

学校电信营业厅里推出了一个套餐活动，预存话费可以赠送演唱会门票或者是超市的购物卡。本来打算要两张演唱会的门票，带着菲菲去观看，后来菲菲说要演唱会门票不实用，不如去超市购物。

　　那天，我拿着购物卡去市里找菲菲，当时菲在市里实习。然后我们约了一个地方见面，一起去超市。那天我们买了很多东西，除了吃的就是喝的，买了两大购物袋。我们俩一人提着一袋往回走，路上相约到一家麻辣烫店，菲菲请我吃饭。

　　其实，自从她离开学校，我就很少有机会和她一起吃饭了。离开后，我送她去坐公交车返回她工作的地方，然后我又回到学校。

　　她大学毕业了，坐车回校拿毕业证，我们约好见个面吃饭，不知道因为什么，我们的矛盾已经很深了，即使见了面我们也没有说过一句话。我们走着去学校外面的芙蓉街吃安徽板面，这地方我们时常来，只要周末没事就会到芙蓉街逛逛，然后来这家面馆吃饭。

　　那天，她来拿毕业证，我正准备坐车到校外实习。客车下午要来接我们去另一座城市，我们吃完饭返回学校，还是一句话没有说，直到我离开了学校。

　　离校后，我们时常也会联系，断断续续，根本看不到未来的任何希望。我们对彼此的期望都很高，所以进行了很长一段时间的冷战。后来我再见到她时，听说她相了几个对象，也是由于种种原因，都没有相中，最后就不了了之了，也就没有了任何联系。

十

　　刚入大学时，在 QQ 上认识了一个女孩，聊得挺投缘的。

因为我在学校里无事可干，周末便相约到市里找那女孩。她在市里的一所大学上学，那天她正好和同学一起到市里游逛，我们约在了一个地方见面。

我从章丘坐车赶往市里，在她约定好的地方见面。我们彼此留了一个电话，都到了地方却始终没见到对方的影子。我们是第一次见面，不知道对方的样子，以至于我们擦肩而过都没有认出对方。后来电话沟通才知道我们要见的人是谁。

她的个子不高，戴着一副眼镜，留着一头长发。第一次见到她，看她的样子发现是挺成熟的一个姑娘，无论是从长相还是交流中，如果不谈年龄，你真以为她已经工作多年有了家庭了。她说本不打算与我见面，听说我是临朐的就格外亲切，所以才答应与我见一面。我们只是站在马路的旁边聊了很久，然后彼此相送，坐车返校。

自那次见了一面后，由于种种原因，往后也没有再和她见过面，后来也失去了她的消息。

十一

高中时的同学凯在市里上学，他实际上是留了一级。高考成绩出来后，他并不满意这样的分数，于是决定复读一年再继续考。

那天，他来找我，我们一起去了芙蓉街吃饭，并领他看了我的宿舍。在芙蓉街上，我还特意去买了一束花，用玩具小熊包装的花。因为周末菲菲要来学校看我，凯让我送束花给她。其实，我跟凯自从高中毕业后，就没有再见过面，直到他来学校找我，才有机会见面。

　　高中时，下午有一段很长时间的自由活动，我骑着车子带着他去县城，他要去买东西，我们顺便在外面吃了一碗面。由于上课时间快到了，我们匆匆吃完面往回赶，因为我蹬了很长时间的自行车，导致满脸通红，老师还以为我喝了酒。

　　后来，听说凯大学毕业后去了奶厂工作，再后来他又换了工作，我们就很少联系了。

十二

　　大学宿舍里有一部电话，电话只能打内部号，每个宿舍都有一部。晚上我们在宿舍没事的时候，就经常拿起电话往女生宿舍打。打完电话问她们要联系方式，用这样的方法去交朋友。

　　宿舍里有一台电视机，每天晚上十点前准时断电。我们躺在宿舍的床上，天天都会打开电视机看，看了很多年，直到大学毕业。

　　在大学里，我买了一台笔记本电脑，晚上睡不着觉的时候，我就会打开笔记本电脑听歌曲，常听的一首歌就是《爱的代价》，每次听这首歌内心的感觉都是不一样的。每当失眠的时候，我就戴上耳机，在听这首歌的过程中不知不觉睡着了。

十三

　　其实，大学里有很多有趣、快乐、幸福，让人回忆起来就感动得热泪盈眶的往事，这些往事勾起了我们对青春时校园生活的回忆，但愿这样的青春故事能够永远陪伴着我们。

高中往事

一

我上高中时，生活费时常挪作他用，留给自己吃饭的钱是少之又少。我经常会去学校的铁皮屋子购买东西，有时去买两块油饼，再买上一包辣条。我特别享受这样的生活。

后来，我时常会想起这样的生活，以至于我工作后，还会去买油饼和辣条，就想找回在学校生活时的那种感觉。

刚入学校时，同学有一个MP4，不光可以听歌，还能看视频。我被里面齐秦演唱的歌曲《大约在冬季》所打动，他借给我，我在放学的路上听。

我喜欢在路上边骑车边听歌的日子。有一次，到饭馆吃饭，我戴着耳机听着歌曲就去了，父亲的朋友还劝我不要骑车子听歌曲，这样很危险。

在高中上学时，在上晚自习前，下午会有一段很长的时间可以自由支配，我会到学校的篮球场看他们打篮球，一直看到快要上晚自习时我才返回教室。

二

那天，去同桌的宿舍，因为他们换宿舍要搬东西，我特意去帮忙。我还是喜欢那时候的日子，买两袋方便面带到宿舍里，把袋子撕开倒入热水，把面泡开拿着筷子吃。那时候，我们都吃得津津有味，现在是越来越怀念了。

记得刚到学校不久，有次我们集体到学校的多媒体教室观看电影《俺爹俺娘》，看完这部电影，每个人都热泪盈眶。

周末休息，到校外理发的时候，时常听到电台里的一档节目《老鲁一家亲》，我非常喜欢山东人民广播电台的这档节目。有时候在家里待得久了，就盼望着理发，借理发的空闲时间可以再听到《老鲁一家亲》这档节目。我是喜欢听收音机的，无论我走到哪里都会带着收音机。在家里无聊或者外出的路上，我都会戴着耳机去听。

有时候晚上躺在卧室里辗转难眠时，我会拿出收音机打开收听。记得有一次听《千里共良宵》节目听到很晚才进入梦乡。收音机有两种功能，即放卡带听歌和听收音机。这台收音机陪伴了我许多年，后来它闲置在了角落里，再后来我拿收音机与别人交换了东西。

三

高中时，自己一个人在家里无聊，我就看电视。每到周末放假回家，我都会调到电影频道观看电影。那时候常看的就是成龙的功夫片。

我常想起小时候看电影的画面。每次到舅家去，我们几个小孩就会跑到邻居家看电影。他家里有一台影碟机，还有一套音响，许多的光碟。白天无事可干，表哥就领着我去看电影，每天都能看好几部电影。

舅家村子里有口井，还有一个石碾，假期我去舅家经常要去这个地方。那个时候，村子里的人到井边挑水供家里用，自来水并没有普及开来。我时常跟在舅的身边，去到井边看舅挑水。现在家家户户都是用自来水，那口井也闲置了下来。

村里的那个石碾，有好多年的历史了。老碾在一个砖砌的房子里。盛夏的时节，我多次来到这房子里看这石碾。石碾历经岁月的磨炼变得光滑，那灰色的木把在来来回回的推碾中变得深黑而富有光泽。

碾轻轻地推着就动了起来，脑海里一下子回到了过去。我还是个小孩的时候，去推碾，碾很重推不动。在姥姥家，姥姥经常领着我去推碾，那碾在村里有几百年历史了，是一个老碾。

姥姥把要碾的玉米粒带上，把玉米粒放在碾上，我和姥姥一人扶着一边的木棍，轻轻地推着石碾，被石碾碾压过的玉米粒慢慢地变成玉米面。刚刚碾压过的玉米粒还很粗粝，需要来来回回碾上多遍，直到玉米粒变成玉米面。

碾压后的玉米面可以做成各种各样的美食，可以摊煎饼，可以蒸玉米面馒头，可以做玉米糊糊。这些美食离不开村里这个石碾，石碾滋润了一村人的生活。现在，生活在电器时代，石碾逐渐退出历史舞台，推碾劳动过后取得美食的乐趣，只能在回忆里品味了。

四

家里有一台老式卡带播放机，用了很多年，是父亲结婚后买的，我们经常用来听歌曲。卡带播放机放在我屋里的写字台上，我经常到学校外面的商店里购买卡带。

有一年，我从电视上听到了一首歌，那时候我不知道歌曲的歌名，只知道唱歌的是任贤齐，我就到音像店去找。那次去偶然发现一张任贤齐的卡带，就特别想买回来，当时价格应该是十块左右，因为手里没有钱，攒了很长的一段时间买回了家，放到播放机里播放。那天，我把里面的歌曲从头听到了尾，并没有我想要听的那首歌。后来，我才知道歌曲的名字是《天涯》，一首非常好听的歌曲。

茂是我高中时的同学，周末他有时候不回家就会来我们小区玩。我记得当时他给我介绍了他的一个初中同学让我们认识。她初中毕业后就没再上高中，在潍坊的工厂里上班。那次她正好来县城，说好的要跟我俩见个面，由于我上课的原因并没有见到她。后来，她又到县城，我们见了一次面，在小区的外面一块儿吃的饭。

从那次见面后，在之后的若干年里，我们就断了联系，从此也失去了她的消息。

<h1 style="text-align:center">五</h1>

高中晚自习放学回家，路上经过龙泉中学，特别是到了很晚的时候，从那排沿街楼下走，就能听到女生宿舍里的说话声和笑声。都很晚了，宿舍熄灯了，她们还是站在窗台前望着外面。

宿舍是在沿街房的三楼，往下看就是一条宽阔的马路，到了放学的时候，会有很多骑行的学生从这里经过，她们就站在窗台前看着他们骑行的身影。

我上初中时，也是看着那群放学回家的学生骑行的身影。到了晚上，躺在床上睡不着觉，十点左右，总能听到他们蹬自行车的声音，还有他们的说话声。晚上特别静，只要有一点儿风吹草动楼上都能听到。有好多次，我都趴在窗台上看他们骑行路过我家楼下时的身影，躺在床上后，仿佛还能听到爽朗的笑声。

我们搬离了生活多年的居所，就再没听到学生蹬车路过我家楼下时的声音。

六

离校时，硕来我家找我，我拿着相机去超市买了胶卷。硕要跟我合影留念。其实，在高中时，我几乎没怎么照过相。这次，借毕业的机会，一起合影留下这段美好的青春故事。

我和硕去超市，花了30元购买了一个胶卷，安装在相机上，请路人为我们拍照。这款老式相机是父母结婚时购买的，那个时候有这么一台相机就能成为别人羡慕的对象。这台相机买的时候价格不便宜，是父母攒了好几个月的工资所购。我小时候拍的大部分照片都是用的这台相机，它还有一个失而复得的小插曲呢。

早些年，我们租房居住的时候，白天家里没有人，晚上回家时发现家里进了小偷，偷了几百元钱和这台相机，后来小偷抓到了，相机也就失而复得。我和硕用这台相机拍了许多照片，当时因为不太会用，胶卷放上后拍了很多，也不知道有没有留存下我俩的身影。

在我们小区里，我俩摆了很多造型，照了许多张照片。后来胶卷放在家里，也没有去洗，等我想去洗照片的时候，胶卷不知扔在了哪个角落里，再也没有见到它。

从拍照那天到现在，过去了有十多年了，我是 2009 年高中毕业，没想到一晃这么多年就溜走了。我已经好多年没有再见过硕了，最后一次见他是在他的婚礼上。那天，一大早我就开车去他的老家九山。天特别冷，吃婚宴的时候我们围在小屋的桌子上，屋里没有供暖，冻得我瑟瑟发抖，回到家后感冒发烧，过了好多天身体才恢复健康。

最近听说他在东城铝合金厂上班，虽然离得不是很远，由于工作忙碌而且各自有了家庭，就没有再见过面。

七

在高中的那段生活里，我认识了很多人，后来走着走着就没有了彼此的任何消息。我上高一时，有一部小灵通，我经常用它点歌听。电台里有一档节目——点歌交友，我常常用小灵通点歌交朋友。

那个时候没有事干，经常跑到学校的公共电话亭打电话。学校最里面有一排房子，里面有一个公共电话亭，打电话也不贵。我经常打电话和电台交友节目认识的人聊天。

后来，高中毕业，也就和她们断了联系。

八

高中毕业那天，我们离校的晚上，每个人都激动得热泪盈眶，心情久久不能平复。忘记是谁提议，大家共同唱一首歌结束高中三年欢聚的时光。那天，我们集体合唱了周华健的《朋友》，歌曲唱了一半，好多人忍不住哭了起来。

离校后，大家相约一起吃顿饭。那天班主任来了，很是难得，我们大家一一向他敬酒，感谢他对我们的栽培。他喝了许多酒，临走时，说了许多祝福的话。他晃晃悠悠地走下楼，我们看着他的背影消失在马路上。

好多年过去，同学没有再聚会，每个人除了忙工作就是照顾家庭。相信在不久的将来，我们一定还能再相聚。

第二辑　　岁月故事

747 火锅鱼

我到大王镇参加工作，同事邀约到他租房的地方玩。中午，他请我们到附近的一家火锅鱼店吃饭。我第一次来这家火锅鱼店，店不是很大，摆了六张桌子。开鱼锅店的是一对夫妻，四十岁左右。女的领我们找了个地方坐下，我们要了一锅鲶鱼，不一会儿，老板端上了电锅，把鱼和赠送的青菜也端了上来。

我们在鱼锅店里边吃边聊。我很享受这样的时光和夜晚，一锅鱼，一群人，怎能不让人怀念。虽然，我离开小镇很多年了，但我还是想到这家火锅鱼店坐坐，哪怕是一个人，找一个角落孤单地坐下，要上一锅鱼，看着窗外的夜色回想从前。

有一次，几个同事相约到鱼锅店吃鱼，我们刚坐下，车间主任老茅，还有黄总和雷工也来到了这家鱼馆。他们都是南方人，之前听说他们都在一家外企工作过，后来来到大王镇工作。我们赶忙和他们打招呼，这时，老茅要求我们拼一张桌，于是我们去了楼上的单间。我们要了两锅草鱼，几箱啤酒，边吃边聊。那晚，我们谈了很多不着边际的话题，也谈了各自的许多往事，喝了许多啤酒。仿佛我们有聊不完的话题，越聊越投机，越聊越有趣。酒也是越喝越尽兴，其间，茅主任和同事乐乐不断地相互敬着酒，越喝越多，最后是在众人的劝说下才停止了喝酒，他们被搀扶着回的家。

我很少看到一个人醉态百出，也很少看到一个人喝醉酒的样子，连走路都走不稳，跟跟跄跄地还耍着酒疯。嘴里嘟嘟囔囔的就是不肯回家，甚至在地上打起了滚，颇像一个还不起钱、撒泼打滚的无赖。没办法，在我们众人的搀扶下，他才摇摇晃晃地走回了家，而且每走一段路，就撒泼打滚，故技重演。等到第二天酒醒过后，回想昨晚吃鱼喝醉酒的丑态，又不大好意思与我们打招呼了，又悔不该喝这么多酒。

我们经常来这家鱼馆吃饭，其间有很多有趣的故事。比如，我们闲来无事，经常因为一件事争执不休，就开始打赌，输了的自然请客到这家鱼馆吃饭。有一天下午，我们在车间里，讨论起了喝水的问题，都觉得自己是最能喝的，至于能喝多少就没有具体的量来衡量了。于是，我和康开始打赌喝水，看谁喝水喝得最多，输的自然要请大家吃饭。同事帮忙拿来矿泉水，倒在透明的大杯子里，一杯一杯地互相比着喝，直到喝不下去为止。当我喝到第三杯时，明显感觉身体已经不行了，不能再喝下哪怕是一点点水了。此时，胃里的水已经返回喉咙，坚持不多一会儿我吐了一地的水。康也勉强喝到第三杯。为了赢得胜利，不一会儿，他端起杯子喝完了第四杯水。想来，这样的赌局实在是不应有的，它伤害了我们的身体。

下班后，我们来到这家鱼锅店，几个人围坐在一起，要上几瓶啤酒，有说有笑地喝着聊着。

有一天，父亲打电话说要到小镇看我，我很高兴。因为父亲忙于工作的关系，我到小镇工作时，父亲并没有来送我。父亲开车到小镇后，我们去了这家鱼锅店。父亲血压高，不能吃肥腻的东西，我们便点了一锅草鱼。刚来这家鱼锅店时，我跟父亲有着同样的感觉，都觉得这家鱼锅店做的鱼味道不错。在昏暗的灯光下，我与父亲相对而坐，促膝长谈，我们第一次有这么长时间的交流，没想到有那么多共同的话题，这是很难得的一个夜晚。窗外一缕月光照了进来，照在了父亲灰黑的脸上。在这夜色里，我与父亲聊了很多，一直聊到鱼馆打烊，我们才起身离去。

大学同学中有一位是内蒙古人，大家一般都觉得内蒙古人高大威猛，身强体壮。可他却不然，在我们的印象里他有着细腻的情感。我在小镇工作时，他来投奔我。我们经常约着去火锅鱼店吃鱼。他特别盼望我父亲能来小镇，想请他品尝小镇的鱼。有一天，父亲来小镇，他听说后，无论如何也要请我父亲去鱼馆。他说："我刚去你们家时，老爷子请我吃的饭，无论如何，也要表达自己的一份感谢。"这就是他细腻的一面。

有一天，他告诉我要辞职回内蒙古发展，我们就又到了这家鱼锅店吃了一次话别饭。之后的若干年里，我都没有再见过他，也就没有再来过这家鱼锅店了。

后来，经过小镇，特意去鱼锅店，想进去坐坐。可到了门口才发现，这家鱼锅店已经不开了，至于原因我就不得而知。站在门口，好多的人和事都已远去。如今，留下的只是无尽的怀念了。

爱吃鱼的人

我喜欢吃鱼，所以养成了一种习惯，无论到什么地方，都要找一家鱼馆进去坐一坐，品一品鱼。鱼的种类其实有很多，不论何种鱼做的美食我都喜欢。

有一次，我开车从大王镇到济南大杨庄菲菲工作的地方找她。晚上，她请我到附近的一家鱼馆吃鱼。她说这家鱼馆做的石锅鱼不错，一定要让我去尝尝。鱼馆就在她工作的地方不远处，一个小区的边上。我们到了这家鱼馆，点了一锅草鱼。这家鱼馆里的鱼是非常单调的一种石锅鱼，把鱼放入锅里煮，煮之前鱼是腌渍好的，鱼锅里可以加入一些青菜配合着一起煮，味道独特。

我特别怀念和她一起吃石锅鱼的日子，两个人静静地坐在一个不被打扰的小角落里，相对而坐。在昏黄的灯光下，我们闲聊着天。一拨一拨的顾客走了，我们还是不愿离去，坐在这里，慢慢地品着鱼。一个"品"字是最能表达我们内心情感的，就像我们品着这样的时光和月色不忍离去。当我们起身离开这家鱼馆时，这家鱼馆就成了我们永远的回忆。

　　现在，提到石锅鱼，又让我想起在外地工作时吃的火锅鱼。火锅鱼和石锅鱼差不多，都是腌渍好的鱼放入锅里煮，唯一的区别就是鱼的味道和锅子的变化。石锅鱼是桌中间嵌入一个石锅，火锅鱼则在桌上放上一个电锅。在小镇工作时，我们一帮同事经常光顾这家店。这家店有两种鱼可供选择，一种是鲶鱼，一种是草鱼。草鱼的价格比鲶鱼稍贵一些，但缺少了鲶鱼的那种肥而不腻的口感，尤其是鲶鱼的头，放入嘴里是很有嚼劲的。所以，每次去，我都要点一锅鲶鱼。

　　有一次，父亲开车来小镇，到我工作的地方找我。我们就去这家鱼馆要了一锅草鱼。父亲不喜欢吃肥腻的鲶鱼，因为血压高的原因，对于一切肥腻的东西父亲都是拒绝的，他怕肥腻的东西影响了自己的身体健康。这一点儿都不像以前的父亲。以前，过年时家里会弄上一大盆煮熟的猪肉，这盆猪肉基本都是被父亲吃光的，我和母亲吃得很少。

　　我和父亲坐在鱼馆里，不一会儿，老板娘把腌渍好的鱼端上来。我们把鱼倒入锅中煮，鱼煮熟后捞到盘子里，用筷子夹着吃。我印象深刻的是，鱼一进入父亲的口中，他就说鱼的味道不错，非常可口。这家鱼馆不光做的鱼味道独特，而且价格比较实惠，点一锅草鱼赠送四样青菜，青菜等鱼吃得差不多时倒入锅中煮。

　　在我的故乡，鱼有多种多样的做法，不会像石锅鱼、火锅鱼这样单调地煮。一条大鱼，经过厨师的加工可以做成多种口味，即一鱼多吃。一鱼多吃的兴起，大约是在 20 世纪 90 年代。到鱼馆里，可供挑选的鱼很多，选中一条鱼，就能品尝到师傅做的多种口味的鱼。比如，师傅会把鱼身切一部分做成泡菜鱼，一部分做成红烧鱼，一部分剁成块裹上面炸得金黄。最有营养价值的鱼头，用葱、姜、蒜清炖，味道非常鲜美。鱼鳞需要用油炸酥卷着煎饼吃，口感独特。

　　每当有朋友来到我的故乡，我总请他们去鱼馆，要上一条鱼，做一桌子美食。我们边吃边聊，这是多么惬意的一种生活啊！

　　生活里，闲来无事，我会和爱人相约带着孩子一起去吃烤鱼。烤鱼的做法也是很独特的，鱼是加工好端上来的，鱼底部配了几种青菜和鱼一起煮。

　　我喜欢这样的生活，在一家鱼馆里，慢慢地品着鱼，品着过往，品着曾经的故事。

母亲烙的葱油饼

最让我难忘的就是母亲烙的葱油饼。小时候，母亲经常烙葱油饼给我吃，每次吃到母亲烙的葱油饼，都令我很开心。

对于各种各样的面食，母亲都是拿手的。她时常换着样地为我和父亲做面食。母亲把面和好，把葱花切碎，倒上一碗油备用。母亲拿着擀面杖把面团擀成一个圆形，上面撒上油、葱花、盐，再把面叠成四方块，然后擀成圆形放到铝鏊子上烙。不一会儿，油饼的香味就蔓延开来，让人垂涎欲滴。

小时候，我能吃五六块母亲烙的葱油饼。看到我吃得那么开心，母亲高兴得像个孩子。母亲把烙好的油饼切成六块，放到盘子里拿给我吃。时至今日，我还是难以忘怀母亲烙的葱油饼，每每总能让我想起过去。那时，母亲在厂里上班，中午总是骑电动车回家为我做饭。如果中午我想吃葱油饼，母亲一定会为我烙。

随着年龄的增长，母亲做面食有时变得力不从心了，烙葱油饼也变得奢侈起来。我们家小区门口有一家葱油饼店，我时常去买葱油饼吃，吃了许多年了，每次吃葱油饼都会想起母亲烙的葱油饼。母亲烙的葱油饼是与众不同的,味道独特。小时候,每次母亲烙葱油饼我都吃不够,天天盼着、等着母亲再烙葱油饼。这些年,吃过许多家店烙的葱油饼,总感觉没有母亲烙得好。后来我才明白,因为葱油饼里有母亲对儿子最深沉的爱。

大学租房的生活

　　我去外地上学，是父亲朋友的孩子推荐我到的这所学校。在外地上学的这段日子里，认识了来自内蒙古的鲁，我们一起租了一间房子。

　　房子是我和鲁在学校附近的一个村庄里租的，面积不是很大，一间小屋。小屋就坐落在人家院外的前面。刚租房子的那天，我们在小屋里置办起了电锅、碗、盘、筷子、案板、刀等生活用品，打算偶尔在这里炒菜小聚。我们出了租房的村子，马路对面就是一个菜市场，这个菜市场颇具规模，售卖的东西种类齐全。我们经常在这里相聚。我们一般会提前到小屋，然后到菜市场买菜准备吃火锅。每次去菜市场，都能碰到女房主在这里卖豆腐。她家的豆腐真是不错，购买的人很多，来晚了怕是买不到了。我们也常去买她做的豆腐来做火锅吃。女房主五十岁左右，纯朴善良，非常好客。每次买她的豆腐她总是要多给一些。我们给她付钱的时候，她总是谦让着："一块豆腐，拿去吃吧！还给什么钱。""你要不收钱我们就不买了。"没办法，她只好把钱收下。

　　我们时常要到租房子的地方聚聚，三五个人在一起。我们提前买好火锅底料、青菜、豆腐、鸡蛋、水饺、猪肉、啤酒等。几个人围坐在小桌前，边吃边聊。这应该是大学里最让人怀念的一段岁月了。

　　有天中午，我在小屋里吃了一次炒面，是鲁做的。他在家常常吃到母亲做的炒面，味道很好，就学着母亲的样子做炒面。他把面揉成一个团，把锅里添上水，等水沸腾，用刀把面团削成一条一条放入锅里煮。面煮熟后，捞出用油炒，加入少许盐和调料。他的手艺真不错，面炒得很有味道，做面的姿势也是有模有样。

　　还有一次，是我们宿舍里一内蒙古的哥们儿，想让我女朋友给他介绍对象。他想约她们学院的女生到小屋吃饭。上午，他就约我提前去小屋收拾卫生，中午我们在小屋吃了火锅。宿舍里这一哥们儿，个子不高，但很能干。一上午的时间，他就把这小屋里里外外收拾得干净整洁。

　　下午，我陪他去菜市场买菜，准备晚上做饭。我们买了好多的菜和肉。他说晚上要露露厨艺。几个女生来的时候还特意带了一包啤酒。这时，女生提议，每人炒一道菜，都露一下手艺。炒菜，好像每一个人都不是特别拿手。电锅一开，菜一入锅中，屋里就起了油烟，特别呛人。那天，菜端上桌已经很晚了，我们一群人难得有机会围坐在一起，品尝着彼此的厨艺。

　　自从我离开学校，那段租房的往事就成了我最珍贵的回忆。我总是会想起他们，并深深地怀念着那段和他们欢聚的日子。同学们各奔东西，忙忙碌碌，也就很少有联系。但那段日子，我会永生难忘的。

姥姥的教诲

在姥姥的印象里，有一个噘着嘴在院子里乱跑的小姑娘，她就是我的母亲。据姥姥回忆，这一天，家里有客人要来。按照家乡的风俗，客人到家做客，要为客人准备丰盛的菜肴。

那个年代，家家户户日子过得紧，一般在家吃饭都很简单，只有来了客人或者过年的时节，家里才会包一顿饺子。饺子的香味自然引得母亲垂涎欲滴。那时，母亲还是一个不大的孩子，吵着闹着要吃饺子，被姥姥拒绝了。姥姥安慰母亲，饺子是留给客人的，客人吃完了你再吃。快近中午，客人要来之前，一名衣衫褴褛的老者从外地一路乞讨到这儿。老者从院外走到了屋门口，他站在院子里，两眼望着正屋门口，不断地吆喝着，希望能讨点吃的。姥姥吩咐母亲，去拿几个馒头给老者。

老者走到屋门口，探头望着里面。母亲拿着馒头走向老者。这时，老者的眼睛盯上了桌上碗里的饺子。当馒头拿到他的面前时，他竟恶狠狠地瞪着母亲，表情很是不满，嘴里愤愤不平地吼道："你们吃饺子却让我吃馒头，你们的良心何在？"母亲委屈地攥紧小拳头，有种想上去将老者打倒的冲动。"因为家里要来客人，饺子是给客人准备的，平时我们根本就不包饺子，我想吃饺子母亲都不让，你还想吃饺子，给你馒头就不错了，你愿意要就要，不愿意要就走。"老者咆哮道："难道我大老远来到你家，就不是客人吗？""你一个乞讨者，算什么客人！"母亲气愤地说着。

姥姥听到后，从里屋走了出来，狠狠地批评了母亲，把半碗饺子给了老者。客人来了，饺子自然是没有剩下，母亲最后连个饺子皮都没有吃到。事后，姥姥告诉母亲，出门在外，谁还没有个难处，我们要多体谅，能帮就帮一帮。

姥姥离去多年，她的教诲深深地影响着母亲和她的外孙。

母亲的教导

　　2011 年的冬季十分寒冷，家里生活拮据，父亲身体不好，母亲在小区里开了个豆制品售卖店勉强维持生计。这一年，父亲的腿疾又厉害了，走路一瘸一拐，始终未查明病因。

　　一大早，父亲就得起床，走向售卖店，等待送货的车到此卸货。豆腐干、豆腐皮、豆腐，特别是早上的热豆浆，一直是畅销的品种。算账成了父亲最头疼的事情，卖货基本都是母亲在操持。

　　来买豆制品的人很多，货架上摆了一个电子秤，母亲总是把豆制品给客人称得高高的，然后再添加上几块豆腐干。我很是不解母亲的做法，明明把斤数称对了，为什么还要再添点。哪怕是一点点，积少成多，可能就不仅仅是一点点了。其实，母亲心里自有一杆秤，她怕给顾客称得少了，诚信也就没了。诚信在母亲的心里占据着很大的分量。

　　母亲从小就教育我要做一个诚实的孩子。是的，我确实是这样做的。有一次，母亲埋怨我没有说实话，狠狠地责备了我。那是很多年前的一天下午，亲戚来家里开的餐馆订餐，临走时付了账，钱经过我的手，因为是实在亲戚，钱没有清点，等人走后清点发现少了 20 元钱，母亲开始怀疑是我拿走了 20 元，不断地问着我，抱怨我不诚实，没有说实话。那天，自己感觉很委屈，躲在一个角落里偷偷地哭泣。钱我一分都没有拿，却明白了一个道理，母亲是希望我从小养成诚实守信的品质。

　　诚实守信，是我在母亲的教育下养成的做人的一个准则。提到守信，忽然想起了多年前的元宵节，那天下着大雨，临到晚上雨停了。我和母亲徒步到县城去看玩龙灯的。这是当地多年的一个习俗了，到了元宵节，各种颜色搭配的彩车，舞龙、舞狮的，各种扮相俏皮的人物，活灵活现地呈现在人们眼前。比如《西游记》中的师徒四人，他们戴上大瓷面具，引来观众阵阵的喝彩。那天，我和母亲站在县城的中心路口，等了很长时间，并没有等来彩车的经过，母亲陪着失望的我走回了家中。对于一个孩子来说，多么希望能等来彩车的经过，哪怕是暴雨倾盆过后。

　　多年来，诚实守信这条准则一直在母亲的教导下生根发芽，影响着她的孩子。

母亲的退休生活

夕阳无限好。母亲到了退休年龄，有了大把时间，本可以把前几十年的忙碌生活打破，安安静静享受生活。无奈，儿子有了孩子，她的时间又都花在照顾孙子上。

我和爱人上白班，照看孩子的责任自然落到了母亲的身上。长年累月地照顾孩子，母亲的身体日渐消瘦。甲状腺肿大，前年刚做完手术，恢复得很好。康复后，母亲又开始承担起照顾孩子的重任。

母亲平时没什么爱好，晚饭过后，必然要到广场上随着人群做操。做操类似于广场舞，却与广场舞有着一定的区别。广场舞讲究一定的协调性，舞步与音乐节奏一致。做操则不然，她们大多都是退休多年、闲来无事干的老人，主要是为了强身健体。

随着年龄的增大，到了一定的岁数，退了休，是该享受美好生活的时候了，出去走走，或者到景区逛逛散散心。外出游逛，对母亲来说变得格外奢侈。一来，上了岁数，已不允许自己再长途跋涉，去更远的地方走更远的路；二来，精力和时间不允许自己再外出看看，照看孩子成了主要的任务。

有一次，和母亲去外地爬山，到的时候已是下午四点多。我们从山底往山顶攀登，天眼看就要黑了，父亲喊着往回走。我的心里，一直都有一种不爬到山顶就是未曾爬过这座山似的感觉。我和父亲商量后决定向山顶攀登，母亲气喘吁吁地跟着。两个多小时后，我们抵达了山顶。时间不允许我们再逗留，我们顺着山道走下了山。下山是人最轻松和愉悦的时刻，也最能饱览山川美景。上山的过程人疲意浓，根本无心观看花花草草或者山中的景致，只有在下山的时候，才有动力抬起头欣赏沿途风景。这就像人到了夕阳红的年龄，所有的苦累都饱尝过后，才想停下来好好看看风景。

母亲退休后，有一年，我替母亲报了一个旅行团，去百公里外的济南南部山区游逛。第二天，我开车把母亲送到旅游大客集合点，母亲跟着旅游团去南部山区里的一座大山。据母亲回来描述，景区里的空气清新，山林茂密，泉水叮咚，是一座与世隔绝的世外桃源，非常适合老年人居住。跟着旅游团去观光的，大都是些老年人，到了他们这个年龄，在家里无所事事，是该找个地方逛逛。

周末，父亲休息，开车载着母亲和孙子去集市。他们逢集必赶，不是有多少东西要买。一来，领着孩子出来逛逛，换换气，也可以买点菜和水果；二来，孩子在家闷得不行，吵着闹着要往外跑，拦都拦不住。有一次，父亲喊我一块儿去赶集，到达集市时已是人山人海。集市是在一个村庄的外面，顺着集市的把头往里走，走一段路抬头还是集市，仿佛没有尽头，一望无际。在集市游逛，这才是生活乐趣的所在。

母亲喜欢集市，喜欢到集市上买东西。上了岁数的母亲喜欢安静，不喜欢吵闹。随着年龄的增长，孩子的吵闹声不断，让母亲变得很不习惯。到了集市就不一样了，即使集市上人再多，吵闹声再大，母亲也愿意到集市上去。集市成了母亲退休后时常光顾的地方，或许走在集市的路上，看着琳琅满目的商品，母亲的内心才能得到些许的平静。

青春的吉他与脚踏车

一

吉他荒废了好多年了，现在也不知道被遗弃在哪个角落里了。自从大学买来以后它就一直跟着我东奔西走，居无定所地漂泊。我走到哪里都会拿出这把吉他弹两下，虽然弹不出旋律，每次弹的感受都是不一样的。

大一那年，不知道为何，去了义乌小商品城非要买一把吉他。几个要好的朋友陪我去挑选吉他，逛了很多店看了很多吉他，最后终于买到了中意的一把。吉他被装在了黑色的吉他包里，我背着它开始了一段漫长的旅途。

高中毕业那一年，突然想起了要学吉他。看到班里的一些文艺生利用上课的时间请假出去学弹吉他，很羡慕他们，觉得他们会弹吉他，文艺范很足。后来把这想法告诉了父亲，父亲领我去学吉他，其实我并不是为了学吉他而学吉他，只是为了打发无聊的上课时间，去学校外面学吉他虚度光阴罢了。我和父亲去了一家教授吉他的学习店，这里常年招生，老板比我父亲要年长许多，问我现在的情况。一听说我要请假旷课来学习吉他，遭到了老板的拒绝，他说要利用课余时间来学，不能耽误了学习。我的吉他梦破碎了。

一把普普通通的吉他，走到哪里我都会带着它。这么多年过去了，我弹的旋律还是和刚买吉他时在女生宿舍弹的一样。我的学校原先和隔壁的学校是一所，后来隔壁的学校和我上的学校分开，成了两所学校。一道长长的水泥墙上嵌入了铁栏杆把两所学校分开，在靠近宿舍的位置铁栏杆开了一个小门，方便过往的学生。就是在隔壁工程学院宿舍楼下，我用刚买的吉他为一个我仅见过一面的女生弹奏，那刺耳的吉他声引来许多过路人的回头张望，还好，有一个胆大的朋友一直在陪着我，听着我弹奏，无非就是想见见那个女孩罢了。直到我离开这所学校的时候，我也未曾和她见过一面。我知道，她在未来的日子里，一定过着自己想要的生活。

大学毕业后，我又背着我的吉他去了外地。我不知道以后的生活会是什么样，这把我一直不会弹的吉他会陪我走多远。工作忙碌的身影中，吉他荒废在了那里，拿起来又不会弹，弹只能弹出刺耳的声音。所以，我的音乐梦渐渐在我的生活里消失了。

二

曾经拥有一辆崭新的黑色折叠自行车，是我上大学那会儿买的，同宿舍的一个朋友陪我去的章丘市，逛了很久才选中了这辆黑色折叠自行车。

买完自行车，要陪他去义乌小商品城买一个玩具熊，他要送给远在内蒙古的一个女同学。身材壮硕的他骑着自行车带着我，骑了很长时间到了义乌小商品城，挑了很久选中了一款长达近2米的玩具熊。我坐在自行车的后面抱着熊，他骑着自行车带着我返回学校。这一路累得他够呛，我只能和他交替着骑行，或者一块儿推着自行车走一会儿。玩具熊抱在怀里，时常惹来过路女生的张望，或许她们羡慕有这样的一个男人为一个心爱的女人购买了这款玩具熊礼物，她们不知道我抱在怀里的熊是替别人暂时抱着，过几天就会通过快运运到千里之外的内蒙古。

回到学校后，这辆折叠自行车就一直在我大学这几年的生活里出现，无论我去什么地方都会骑着它。在校园里去上课的路上，骑着一辆自行车是很扎眼的，尤其是一个刚到学校不久的学生，总是引来周围同学及其他人的目光。

有关这辆折叠自行车的故事里，还有个我永远无法忘记的那个她。我清楚地记得，我要坐火车回家那天，过年学校放假，我比她要早走几天。走之前我问她要不要去火车站送我，我们骑自行车前往，没想到她爽快地答应了。下午我骑着自行车带着她从学校前往火车站，学校北门口往左一拐，顺着红绿灯路口往右直行就能抵达火车站，火车站在公路的左侧。我带着她骑在路上，这条不算很长的路却让我蹬了很久，也走了很久。

使劲地往前蹬着自行车的踏板，驮着一个人，蹬不多远就感觉吃力了。无奈，只能和她边走边聊，徒步前行调整身体状态。走不多远，她接过了自行车，艰难地蹬着踏板驮着我前行。这样的日子，在我往后的回忆里，总感觉那种甜蜜的滋味仿佛就在昨天，我还是那所学校刚入学的学生，我们彼此才见面认识而已。蹬了一段路程，路边的市场人声鼎沸，卖煎饼果子的小摊前排着几个购买的人。她要给我买一个煎饼果子，让我坐火车时在路上吃，我说我不饿，拒绝了。我知道在外地求学的日子里，钱对于我们来说永远都不够花的，如果你不省着，可能到最后你连回家的一张火车票都买不起。

在火车站的广场，我与她话别，自行车在绿茵茵的草地旁被晚霞映着，夕阳西下，我们紧紧地拥抱像一棵古藤拧绕在了一起，永远都无法分开。我目送着她骑着自行车远去的背影渐渐地消失在马路上的车流里，背影越来越小，越来越模糊，直至看不清了我才恋恋不舍地背着我的包进入了火车站，等待火车的到来。坐在火车上，火车出发的那一刻，我想起了她，在霓虹灯闪耀的城市里，她骑着自行车一个人奔波在回校的路上。这一路上，我不知道此刻她的心里在怀念着谁。

她比我大一级，早我一年离开学校踏入社会实习。她走后的那段日子里，自行车就一直荒废在教学楼的楼底下。每当我经过，看到厚厚的尘土覆盖了自行车，那干瘪的轮胎一直没有去修，一直尘封在那里。我要离校的时候，那辆自行车已经不在了，不知道是不是有人刻意为之，还是被迁移到了什么地方，我没有过问，带着那段回忆离开了学校。

收音机里的岁月

　　最让我难忘的，就是在卧室里听收音机的岁月。收音机是攒钱买的，一个很小的收音机有两种功能：放卡带和收听电台节目。小时候，自己一个人躲在卧室里，夜很静，睡不着时就听收音机，它陪伴了我许多年的青春岁月。

　　那年，还未搬家时，我们住在五楼，我自己一间卧室。那晚，窗外哗哗地下起了大雨，电闪雷鸣，我躲在被窝里蒙着被子，打开收音机收听广播。那时，我常听的就是《千里共良宵》节目。

　　那时候，根本没有盼望着自己长大，只是徘徊在一个不被人打扰的深夜里，静静地听着千里外传来的声音。我总是好奇，那些声音是怎么通过电波传过来的，那个收音机为什么能收听到那么多电台的节目。现在的我，对那些电波传来的声音已没有了好奇，却怀念起听收音机的岁月了。我还是喜欢一个人躲在卧室里，打开收音机静静地听着。那个听了很多年的收音机，随着搬家也不知道被遗弃在哪个角落里，再也找不到了。也许，有一天，在不经意的时候，那收音机又会出现了。

　　那年，大学实验室里，我们亲自动手做了一台收音机。说是做了一台，其实就是把配件按照老师的指导组装了起来。我们组装的是一台简易的收音机，组装好了就能收听到电台的节目。当我听到电台的节目时，我就想起了小时候听收音机的岁月，和我曾经住过的地方。那几年最孤寂难熬的日子里，每天晚上都有收音机陪伴着我，它陪伴了我整个童年。到现在想来，那是多么令人难忘的一段青春岁月。

　　每个人都有让自己难忘的东西，它会让自己回忆起童年的时光。我现在又一个人静静地躺在卧室里，又过着孤寂难熬的日子，多希望那台被遗弃的收音机能再回到床头，能再听到那熟悉的声音不远千里奔我而来。怀念，怀念从前，怀念生活过的地方和那小小的收音机。

远去的集市

    路过一个小小的集市，在一条马路的旁边，摆货卖东西的人不多，冷冷清清。我站在卖煎鱼的地方等煎鱼，不远处传来敲击木梆子的响声，我顺着声音望去，一老者在三轮车旁边卖豆腐，那敲击声从录好声音的喇叭中传来。

    喇叭传出的声音独特，有种余音缭绕的感觉，仿佛自己在一个安静的世界里，静静地聆听一种美妙的乐音。那乐音刺激着我的耳朵，使我不得不挪动脚步走到卖豆腐的身边，认真地听着那敲击木梆子的声音。

    那种敲击声把我拽到过去，使我回忆起很多吆喝叫卖的声音，那些声音都很有特色，现在却很少遇到了。卖东西吆喝，也是大有学问的，那是传统的叫卖方式，祖传下来的地域文化，卖什么东西就得把要卖的东西喊出特色，喊出味道来。一些南方口音的汉子，骑着一辆大梁自行车，带着一桶虾酱穿梭在各个街道，拖着长音吆喝着"卖虾酱嘞"。这些非常有特色的叫卖声，现在慢慢淡出了我的生活。

    我喜欢各种各样的吆喝声，比如小时候听到的"磨剪子磨菜刀"的吆喝声，往往都是大爷用嘹亮的嗓门高喊，想让十里八村的人都能听到。喊一天也是够累的，现在一个喇叭就能解决不断重复吆喝的问题，提前录好音，循环播放。

每当在集市中听到喇叭里的吆喝声，尤其卖豆腐敲击木梆子的声音，我便仿佛从人来人往的集市中穿越回遥远的年代，那里似乎是人挤人，热闹非凡。有一次，我去马家新兴村，那里有一座康熙二十三年建的古桥，据当地村民说，古桥的上方原先是一座集市，老一辈人经常在这里卖东西或买东西，这里曾经非常繁华。我好像能看到古桥上人来人往，那些吆喝声、叫卖声，那些琳琅满目的商品，那一代人，他们忙碌着，在每一个集市的日子里。古桥的旁边有好多住家，我曾去访问过一位九十多岁的老者，他虽然岁数大了，精神很好，记忆力也还可以。我曾问过他关于古桥集市上的事情，他印象已经不深刻了，在隐隐约约的片段里，他回忆着说："小时候在这里赶过集，却好像是在梦里。"

他已经无法再回到过去，回到童年，回到古桥上赶集的时刻。那些过去的日子对他来说好像过去就过去了，无须再回忆了，回忆只能让自己更悲怆。不过，回忆里也有让他感到幸福、感到快乐，印象深刻的一些故事。聆听母亲讲述古桥集市的热闹和繁华，这是最开心的事情。古桥上的集市曾是这一带比较大的集市，最早由几个小贩带动更多的小贩加入，他们在这里售卖货物。卖货的人多了，赶集的人群也就多了起来，古桥上的集市也充满了活力。中华人民共和国成立以后，集市统一管理，就搬到了别的地方，曾经的繁华也落下了帷幕。

我每到一个集市，就会想起小时候赶集的日子。小时候，每到赶集的日子，母亲就骑着自行车带着我去赶集，自行车放在一个看管的摊位上，我和母亲徒步进入集市。集市上方到下方有一个很大的陡坡，下了陡坡就能看到集市的热闹和繁华，人们簇拥着在一个个摊位前驻足，观看，选择自己要买的商品。

我小时候赶集的那个集市，无法再找到了，我不知道它搬到哪里去了，那片空旷的场地盖起了高楼，占有了原先的集市。几十年后我再回忆起集市，发现它已渐渐远离了我的生活，尤其姥姥家门口那个集市。我不知道是不是家里算好了日子，还是每次去姥姥家恰巧赶上集市。姥姥家门口那个集市很大，集市从一个村里的小学延伸到几里路开外的合作社，集市上也是人山人海。我和姥姥挤在人群里，悠闲地逛着集市，从不买任何东西，只是不断地徘徊在集市上，看着人来人往和琳琅满目的商品。幼小的孩子，看到一切新鲜事物都感到好奇，都想往前凑，都想看一看这地方是卖什么的，那个地方又是卖什么的。

这几年，一些熟悉的人远离了我的生活，永远地离开了，就像那些我曾熟悉的集市，也慢慢远离了我。

现在我想起了他们，深深地怀念着他们。

在大王镇的日子

2012 年，我毕业到大王镇应聘，之后就留在了小镇工作。

初到大王镇，是年后朋友邀约一起去应聘。我开车，从临朐上高速抵达大王镇。因为对应聘单位地址不熟悉，我开车驶进了小镇的中心。那天，小镇被装扮得流光溢彩。为欢庆元宵佳节，大王镇广场中心摆满了搭好的各种彩灯。彩灯以广场为中心向四周扩去，在道路旁依次摆满各种图案的彩灯。彩灯到了晚上格外美丽，照相、观赏的人络绎不绝。

在小镇工作，每年元宵节我都要到小镇逛逛，都要到小镇的广场观看彩灯，那些图案各异的彩灯，深深烙进了我的心里。人来人往中，看彩灯的人很多，尤其到了晚上，那真是人山人海。有一年，我邀请父母来小镇观赏彩灯，我们随着人流往前走，那些彩灯被装扮得富丽堂皇，每走一步就是一个景观。现在回想起来，看彩灯的日子真是让人怀念啊！

我工作的地方靠近高速路口。那年，刚到大王镇工作，没有交通工具，只能徒步出去走走逛逛。我要到小镇的中心街，就要走很远的路。其实，那个时候，还是愿意出去走走逛逛，省得待在宿舍闷得慌。有一次，我和旭徒步了很远，去同事租房的地方。他租房的地方离公司确实是很远，我都不知道哪里来的动力，靠两只脚走很远的路去，再走回来。到了同事的出租屋，我们聊到很晚，才不舍地离开走回宿舍。

我是愿意在马路上走走的，特别是夜晚。只要抬头，天空中就是满天繁星，美得让人停留在原地，不想再多走一步。我是很多年没有再看星星了，工作一忙碌起来，就无暇顾及了，只能大步地走着路，忙着自己的事情。想想，那时的天空，那时的小镇，多么让人怀念！自从离开小镇，所有的怀念就在梦里了。

在小镇工作时，认识了许多同事，也经常和他们到小镇找家饭馆聚聚。同事租房的地方有一家747火锅鱼店，那家店就是我们常常光顾的地方。第一次到这家鱼店吃鱼，我就深深爱上了这家鱼店。尤其是鲶鱼头煮烂后，拿起来嚼在嘴里，特别地有滋味。大家都觉得这家鱼店做的鱼味道不错。这家店主人是两口子，年龄不大。他家的店里有两种鱼可供选择，一种是鲶鱼，一种是草鱼。我其实比较钟情于鲶鱼，我喜欢吃鲶鱼的头部，那种肥而不腻的感觉，特别适合我的口味。倒不是因为鲶鱼的价格便宜，是个人的口味不同而已。草鱼的价格比鲶鱼稍微贵一些，鱼肉的质感和口感都是不错的。我还是喜欢吃鲶鱼，大家都觉得有点腻，我却独爱鲶鱼的肥美。

自从我们第一次到这家鱼店吃鱼，这里就注定成为我们聚会的场所。我是真的爱吃鱼，所以常常和同事一大帮人到小镇的鱼店吃鱼。我们三五个人，或者六七个人，约在一起到鱼店相聚。每次到这家鱼馆，我们总要两锅鲶鱼、两提啤酒，几个人围坐在一起边吃边聊。那晚，我们喝了许多的酒，出门时，走路都有点摇摇晃晃了。

有次，我路过青岛，去见了一个人。本打算从青岛返回小镇，途中，龙飞打电话约我去黄岛他租房的地方坐坐。龙飞是我大学的同学，家是内蒙古的。我到了他那里，他住在一座楼房的地下室里，刚辞了工作，打算回内蒙古发展。我约他来我工作的地方工作。那晚，我和他在小屋里喝到很晚。他特意去旁边的小卖部买的菜肴和啤酒。晚上，我就住在他租房的地方，我们睡在一张床上。第二天，我陪他去办了退房手续，他跟着我一起来到了小镇工作。在小镇，我俩有一个共同爱好，就是喜欢逛。所以，在小镇的那段日子里，我俩几乎逛遍了小镇的角角落落，每次都逛到很晚才返回宿舍休息。

大王镇的夏天，是最不能让人忘怀的，广场中心的消夏晚会是我必须去看的。每个公司都会在周五晚上举行一些专场，邀请一些比赛节目中的选手来表演节目。印象深刻的是山东综艺频道《我是大明星》的一些优秀选手，他们会来消夏晚会唱歌。我总是骑着电动车，带着龙飞一起去看节目。我们俩在广场里，找一个位子坐下观看。后来，他辞职回到了内蒙古。消夏晚会再举办的时候，我自己骑着车子去看，然后再孤零零一个人骑着车子回宿舍。

每当大王镇菊花节举办的时候，我就常来这里，这里非常热闹，花展、鸟展、各种娱乐的项目都在这里进行。我在大王镇工作了四年，菊花展每年我都会去，每次去感受都不一样，每一年都有变化。那些搭建的小型景观建筑物都非常有特色，引来许多的人驻足，拍照留念。

一年后，我辞职离开公司，很多同事也辞职回到了自己的家乡。许多年过去，我与他们再也没有见过面了。

岁月里那苦涩的茶

　　我拿了一个马扎与父亲相对而坐，父亲泡了一壶绿茶，笑容满面地对喝茶的往事娓娓道来。窗外夜深人静，听不到一点儿走路的声音。这么多年来难得和父亲坐在客厅里，聆听父亲回忆往事。父亲还未开口讲，我便问父亲："茶是甜的还是苦的？"父亲愁容满面地说："茶哪有甜的，都是苦涩的。"

　　父亲喝了一辈子茶，喝起茶来也没那么多讲究。拿一把小壶，放入茶叶倒入开水泡一会儿，倒入小碗里一碗一碗地喝着。父亲比较钟情于绿茶，一壶茶一喝就是一晚，直到夜深了才停下来进入卧室休息。父亲回忆往事，说那时家里条件困苦，常买的茶叶就是大叶子，这种茶叶便宜，家里来了客人，必须要泡一壶大叶茶。

　　我没喝过大叶茶，小时候经常看到姥爷泡一壶大叶茶自娱自乐地喝着。特别是夏天的傍晚，晚饭后，姥爷穿着一件汗衫，开着扣子，拿着马扎坐在小院里纳凉，小桌上的茶壶里泡上一壶大叶茶，手里边摇着蒲扇边有滋有味地喝着茶，多么惬意的一种生活。姥爷那把茶壶用了一辈子没有更换过，茶叶也还是大叶子，姥爷一辈子离不开这种茶叶，喝习惯了。有客人或者邻居前来串门，姥爷拿出茶壶必然要泡一壶大叶茶招待客人，边喝边开始闲谈。

有一次，在我很小的时候，父亲和二姨父相约去县城三姥爷看门的地方坐坐，特意买了菜肴带着酒前往。在一个小院里见到了三姥爷，他坐在一个旧沙发上，抽着自己卷的烟，喝着大叶子茶。茶碗里的茶垢清晰可见，那是长时间喝茶留下来的。见我们来了，特意把喝了一天的大叶茶倒了再泡上一壶新的。

生活里不能没有茶，家里的茶壶被父亲换了又换，茶叶还是绿茶。即使茶叶的种类再多，父亲还是喜欢绿茶，唯有一壶绿茶才能让父亲的闲余生活变得多姿多彩、有滋有味。现在，茶已经离不开我们的生活了。

菜市场

菜市场经过重建又恢复了往日的热闹和繁华，熙熙攘攘的人群穿梭于菜市场。

过去的菜市场是坑洼不平的土路，很多卖菜的占用马路摆起了菜摊，影响了车辆的通行。人买菜或者行走都是极其危险的。改建后的菜市场具有一定的规模，统一化的管理确实给大家带来了很多方便。

最初逛菜市场，都是母亲领着我去。市场里母亲难免碰到熟人要打招呼，熟人还是很多的。因为在我小的时候，我们搬到县城时，母亲失业那年开了个小卖部维持生计，其间接触的人很多。

小时候，母亲领我去逛菜市场是童年最快乐的一件事情。每次去菜市场，我们买的东西都不是很多，但都是我最喜欢的。记得有一次逛菜市场时碰到了以前租房时的女房东，她老了很多，身体也大不如从前。看到我们她只是微微一笑，这一笑，脸上的皱纹就堆积了起来，母亲连忙让我叫"大娘"。我小声地喊了一声，她又冲着我微微一笑。她从刚买的一袋苹果中挑出了一个让我品尝。母亲说："不用，家里有。"她还是执意要把苹果塞给我，直到我把苹果拿在了手里。

我对这位大娘最深刻的印象，就是周末她在那间破旧的灶房里用鏊子摊煎饼。她摊出的第一个煎饼总是递到我的手里让我吃。自从我们搬离了租房的地方，我就再没尝过她摊的煎饼。

以前我和母亲去菜市场，总能碰到这位热情的大娘。最近几年我陪母亲去菜市场买菜就再也没有碰到过她。母亲听说她是胃癌晚期走了。我听了很吃惊：什么？她已经走了？是的，她已经走了。

书 架

最难忘的是父亲为我组装的那个书架。

因与文学结缘，我痴迷上了读书与买书。这几年渐渐地买了许多书，搁置在一个不大的纸箱里。随着书的增多，书一箱一箱地堆积在客厅里，很占地方，于是就有了买一个书架的想法。

许多年前，我从网上购买了一个木板书架。几天后，我收到了物流公司打来的电话，让我自行前往去取书架。那天，是父亲和我去物流公司取的书架。书架的组装部件尤其是木板非常重，我和父亲两人抬着不免有些吃力。父亲和我把书架的组装部件抬到车上运回家里。晚饭过后，父亲便开始为我组装书架。

刚开始，书架的部件比较多，我们一时没有头绪，不知道该如何组装。经过观看组装视频，父亲好像看明白了，侧头看了我一眼，说组装书架很简单，一会儿工夫就能组装好。父亲让我给他拿组装书架的配件，他负责组装。

我拿过架子底部的横梁交给了父亲，然后把两侧的立柱对在一起，上紧螺丝，书架子的基本框架就搭好了。书架子的顶部由我举着，父亲拧螺丝，螺丝拧好，然后父亲装上放书架的撑板，书架就组装完成了。看似一件简单的事情，如果换作我一个人去做，组装起来就相当费力了。

此时，我看了父亲一眼，他衣服塌湿，大汗淋漓，汗珠正顺着脸颊往下流。夏天天气格外闷热，卧室里跟火炉一样，只有一台电风扇摇头转着，它并不能吹走房间里闷热的空气。父亲又那么胖，自然要比常人怕热。时间已是晚上11点，组装完书架，我和父亲长长舒了一口气。

我很少有时间和父亲在一起待很长时间，这一次为了组装书架，我和父亲待的时间很长。我们忙碌了一晚上，书架基本组装完成，只剩下木板的安装。木板是书架的装饰品，没有木板书架显得不够厚重。

父亲起身去找十字花螺丝刀未果，决定明天再陪我安装木板。第二天，我和父亲把木板固定了起来，书架也就变得高雅了。我把所购的书一一摆上了书架，书架也上了档次，我阅读起来也方便了许多。

每当我去书架取书的时候，我就会想起父亲为我组装书架时的情形，他总是无怨无悔地为我付出着。这就是父亲对我的爱，一种无言的爱。

夜　市

　　最近喜欢逛夜市，不是为了买点吃的，而是喜欢到夜市淘书。前几年到夜市游逛，大多是买些特色小吃。这几年，喜欢上了书籍，就喜欢找个书摊看看有没有好的书籍。

　　前几天到夜市游逛，特意到了书摊前看书。书的种类很多，各种各样的书籍，我翻来覆去地看，只要发现关于当地的书籍，我一定会挑选几本带回家。

　　有一次到夜市游逛，是与家人吃完晚饭后，打算顺路到夜市走走，家人急于回家，我便一个人到夜市里溜达。夜市，是一条比较繁华的街道，因为摆摊的越来越多，使得这里聚集起了人气。每天都有络绎不绝的人来这里购买吃的，各种特色的小吃，让你不用跨省就能品尝到各个地域的特色美食。那天，我顺着夜市溜达了一圈，没有要买的东西便走着回家了。

　　原先印象里夜市没有售卖书籍的，后来许老师领我去夜市淘书，才发现夜市的一个角落里有一个不大的书摊。书摊虽然不大，书的种类却很多，里面还有许多当地的书籍。老板为人和善，从这里买书看完了也可以捎回来再换一本看，因为诚信经营，好多的书籍爱好者常常到这里来选书。

　　有一天傍晚，在家里无事可做，决定带着孩子到夜市逛逛。到了夜市，我直接去了书摊，看了一圈发现几本当地的书籍，一问价格都不贵，每本5~10元，我挑选了几本书，带回了家里。其实，有些书籍你从网上购买是没有货的，到了书摊淘书就显得格外珍贵了，一些不太好买的书籍，书摊里就有。老板也是长年累月地淘书，各种各样的书籍都有，好多还是稀缺版本。

　　这几年，淘的书很多，看的却很少。由于工作和家庭的种种原因，看书似乎变得越来越奢侈了。上大学时，有大把大把的学习时间，都被自己挥霍得一干二净，书籍是几乎不碰触的。自从回到故乡工作和生活才渐渐热爱上了读书与买书，这也成了我人生中最大的乐趣。

母亲包的小馄饨

我们家最早没有吃馄饨的习惯，也不知道什么叫馄饨，母亲也不会包馄饨。后来，因为我喜欢吃馄饨，母亲才学着去包馄饨。至今，我都无法忘记母亲包的馄饨。

我上小学时，放学去爷爷家，婶子在家里包了馄饨。那次，馄饨包得不多，几个人围在一起吃，刚好吃个半饱。回到家，我把吃到馄饨的事告诉母亲，说婶子包的馄饨很好吃，我没有吃够。母亲那时还不知道馄饨为何物，以为就是我们平常吃的饺子，后来，经打听才知道馄饨是什么。母亲就开始在家里学着为我包馄饨。

母亲有一双很巧的手，做面食对母亲来说不是一件难事。她经常在家为我和父亲做面食，油饼、菜饼、单饼、肉火烧，这些母亲都会做。正是因为母亲的一双巧手，让我们每天的生活都过得有滋有味。

母亲在东城的一家厂子上班，为了家里的生计，有时母亲周末也要加班。学校周末放假，不用到学校去，我独自一个人在家里。下午，特别想吃母亲包的馄饨，我就学着母亲的样子准备包馄饨需要的面团和肉馅儿。我挽起袖子在家里忙活了起来。我见过母亲和面，以为是很简单的一件事情，把面舀到盆里，加上水把面揉成团就行了。第一次和面，没有经验，不是水放多了就是面放多了，根本揉不成一个团，渐渐地也就掌握了水和面的比例，没多久就揉出了一个大面团。

我找来案板，把肉放在案板上，放上葱、姜，用菜刀剁着肉，每剁一会儿就往肉里添加酱油调味。那天，剁了很长的时间，直到肉变成馅儿，肉剁好了手也麻了。别说，像我这样一个小小的孩子，和面和剁肉的架势还真有点大人的模样，自己都佩服着自己。

我在客厅里摆上了两个凳子，又从储藏室里把面板搬出来支在两个凳子上，再把剁好的肉馅儿和和好的面团端出来，再把箅子拿出来，然后在家等待母亲下班包馄饨。包馄饨我是不会的，我没有一双像母亲那样的巧手，做面食对我来说比登天还难。直到现在，我还是不会做面食。有一年，我搬到新家去居住，与母亲分开了。我在家里和好面准备蒸馒头，馒头我从小就知道怎么做，小学劳动课有一节就是教我们蒸馒头。面和好我把面团揉成一个一个馒头形状放到锅子里蒸，蒸熟的馒头又硬又难吃，后来才知道面里没有加酵母，面团没有发开，所以蒸的馒头比较实，也比较难咬。

那天，母亲下班，看到我准备好了的面团和肉馅儿，她知道，我想吃馄饨了。母亲上班劳累了一天，回到家洗完手，坐在面板旁为我包起了馄饨，心里没有一句怨言。这就是母亲，这就是一位母亲对孩子的爱。那天，我分明看到母亲的眼里闪着泪花，我知道，母亲是感动了。一个孩子，在家里竟然能把面和肉馅儿准备好，这出乎母亲的意料。她没想到，年纪这么小的我，竟然转瞬间懂事了，不是以前那个淘气的孩子了，母亲很欣慰。以前家里开小卖部时，中午我想吃雪糕，就吵着闹着要母亲去买。母亲的意思是我先吃完饭再去买，我不听话，就要先吃雪糕，没办法，母亲不给买，我就站在屋外大声地哭闹。母亲怕影响楼上的人休息，就追赶着我，我和母亲在楼层里玩着躲猫猫。最后，母亲妥协了，给我钱让我去买雪糕吃。

那天，我忙了一下午和好面剁好肉馅儿。正是因为和面和剁肉馅儿，我才体会到母亲的辛苦。剁肉馅儿，要长时间弯着腰，手里拿着菜刀来来回回地剁着，两只手相互倒替着，不然一只手握着菜刀，剁不了多长时间手就开始发麻。那天，母亲为我包了一箅子馄饨，然后到厨房把馄饨煮熟盛在一个不锈钢盆里端到客厅，我们用勺子舀到碗里吃。那晚，我们打开电视机，看着节目，吃着母亲包的馄饨。我吃了一碗又一碗，还是没有吃尽兴，就又往碗里盛。别看那一碗小小的馄饨，它凝聚了母亲许多的爱。

我上大学要走的那天晚上，母亲也为我包了馄饨。她怕我在外吃不到家里的馄饨，就提前准备好包馄饨的食材，为我包了满满一箅子馄饨。那晚，我吃着母亲包的馄饨，情不自禁地流下了眼泪。母亲在一旁替我准备着行囊，把我要带的东西都收拾好。原本第二天母亲也要送我去上学的，结果计划有变，母亲没有去。第二天，我一早起床，就看到母亲在厨房为我煮馄饨。为了让我能吃到热乎乎的馄饨，母亲天不亮就起来为我包馄饨。

大学期间每次回家，我都能吃到母亲包的馄饨。馄饨这种美食，在大学食堂里并不罕见，可每次品尝都觉得无滋无味。后来才明白，那是缺少了一种特殊的作料——母爱。

时至今日，我还是无法忘怀母亲包的馄饨。从我大学毕业到参加工作后，我时常都会想起母亲包的馄饨，尤其是童年吃馄饨的往事，至今都在我的脑海里徘徊。

　　有时，忙碌了一天，我就会找一家售卖馄饨的小店，要一碗馄饨，再找一个角落坐下，慢慢地吃着馄饨。这么多年过去，品尝过许多店做的馄饨，感觉就是没有母亲做得好。我想，我之所以会对母亲包的馄饨情有独钟，是因为母亲包的馄饨里，有对儿子深深的爱。

七夕情话绵绵

又是一年七夕节，我想起了多年前母亲讲的关于葡萄架底下倾听牛郎织女爱情故事的往事。那个时候，年龄还小的我对爱情似懂非懂，但对于他们的神话传说却尤为记忆深刻，总想七夕这天，在夜深人静时，到葡萄架底下倾听他们的绵绵情话。

我总以为到了葡萄架底下就能听到他们的说话声，特别是夜深人静的时候，那说话声应该听得特别清楚。我始终没有去过葡萄架底下，也没有听到他们的说话声。长大后，我才知道那只是一个神话传说，即使到了葡萄架底下，你也不可能听到他们的说话声。我能想象到，那样的一个夜晚是多么的凄凉，秋风萧瑟，只有葡萄叶哗哗的响声。

多年前，我陪同家人去淄博牛郎织女风景区游逛。我们最先抵达的是一座庙，里面供的就是牛郎。牛郎庙的对面有一条宽阔的河面，据说，这条河就是天河，隔河相望的就是织女庙。一个古老的神话传说，一个凄美的爱情故事。我在这座景区里看到了牛郎织女隔河却不能相见的场景。

其实，人世间有许多的爱情故事，像我的姥爷姥姥，他们相濡以沫几十载，从没为什么事红过脸，携手相伴走过了艰难而幸福的一生。姥姥离去后，姥爷时常以泪洗面，在他的内心里，姥姥就是他唯一的依靠，一个相伴了大半生的知心爱人，就这样先离他而去，内心的孤独和酸楚可想而知。姥爷是脑溢血走的。姥爷是在晚上突发脑溢血的。第二天，表哥迟迟不见姥爷开门，喊了好久也没人应答，便翻墙头进去，进去才发现姥爷躺在床上不能动了，他眼眶里闪着泪花。那时的姥爷头脑清醒有意识，只是不能说话了。他被紧急送往医院，没几天，他就孤独地走了，永远地离开了我们。

　　现在，每到七夕，我就会怀想起从前，怀想起那些关于爱情的故事，牛郎织女的故事也许只是一个传说，但他们那坚贞不渝的爱情，却影响了我们一代代人。有时，躺在床上望着窗外漆黑的夜，我总是久久不能入睡，就想到葡萄架下静静地聆听，哪怕只有风吹过的声音。在这样的夜，我的内心也许会得到些许平静。

话别恋人

许多年前的一个夏天，我在校园认识了她。认识她也是很偶然的一个机会。

难得有一天，上午只有两节课，下午和晚上都是自由的。我提前去南苑餐厅买好饭，捎着去她教室找她。我居住的宿舍离南苑餐厅比较近，所以，我经常到南苑餐厅吃饭。在我还没到学校的时候，宿舍对面的楼就是女生宿舍，自我来了以后，男女宿舍分开了，女生宿舍在北苑餐厅一带。

我买好饭去她教室找她。她们的教室已经没有几个人了，我把买好的饭放在桌子上，与她相靠而坐。可能别人都会羡慕这样一对恋人，一对谈得热火朝天、互相温暖着彼此的恋人。从她们羡慕的眼光中，我知道她们最需要的，就是温暖着自己心灵的那个人的出现。在寂寞、孤独、难熬的日子里，总要有一个人鼓励、陪伴着自己。

饭后，相约到义乌小商品城游逛。因附近学校太多的缘故，这里学生也格外多，逛小商品城的人也一样多。我和她去小商品城，会在学校北门口坐拼车。这些拼车大多都是一些面包车，他们的价格比公交车贵一块钱。即使贵一块钱，也会有大量的学生去坐。因为一到周末，公交车就人满为患，根本没有空闲的地方让你上车。面包车也是来来回回，循环地拉着学生，这是他们的一种营生，养家糊口的挣钱工具。我们去义乌小商品城，就是为了寻找一种乐趣，打发无聊的时光。我们其实没有什么东西要买，就是去逛逛。每当我们到了小商品城附近，一定会去卖烤鱿鱼的地方，买上两串鱿鱼。

我特别怀念和她一起吃烤鱿鱼的日子。师傅烤的鱿鱼味道独特，让人垂涎欲滴，每次去都不得不让人购买。烤鱿鱼师傅的面容我已记不清了，但他烤鱿鱼的动作却深深刻在了我的心里。他的动作特别麻利，有许多人排队在等他烤的鱿鱼。他手里掐着一大把鱿鱼，同时放在铁板上烤，这样节约了很多的时间。每到这地方，烤鱿鱼的味道总让我流连忘返，以至于她离开学校回来找我的时候，我们还会相约一起去买鱿鱼。我们总无法拒绝这种诱人的食物，和一个陪伴着彼此整个大学时光的恋人，未来的路我们都不知道，只能走着、走着，相互温暖着彼此。

坐车往回走的时候，面包车会从火车站旁那条路经过。现在回想起这条路来，我觉得这是青春中走得最漫长、最难忘的一条不平的道路。那次我要从学校坐火车回家。火车票已经买好了，要走的那天，我打电话告诉她，想让她送我去火车站，没想到她答应了，要和我骑着自行车去火车站。自行车是我在大一的下半年购买的。我骑着自行车载着她，出了学校北门左拐，到了红绿灯路口直行就能到火车站，火车站在路的左边。

我们一路骑，一路走，骑累了就走一会儿。我推着自行车，她在我旁边走着。我们看着那些来来往往的人，他们的面容都是模糊的，让人分辨不清是真是假。走了一段距离，她说要去买一个煎饼果子，让我带在路上吃，我拒绝了。其实，在学校里，返家的时候，我们已经没有太多积蓄了，钱基本消耗殆尽。

到了火车站，在一个柳荫庇护的公园里，我和她话别了。夕阳西下，天眼看要黑了，火车马上也要进站了。我送她离去，看着她的背影渐渐消失在茫茫的夜色里，直至无法看到。她骑自行车返回学校的背影，时常在我的脑海闪现，像过电影一样。我不知道，在那样一座陌生的城市里，她一个人骑着单车返回学校的过程是苦涩的还是快乐的。至少，我看到了一个人为另一个人的付出，付出是快乐的，这或许也是幸福的。

红影子

在小区的草坪上，人流涌动，吵吵嚷嚷。我们坐在石凳上，听奶奶讲关于红影子的故事。红影子的故事只是个传说，却被奶奶添油加醋描述得绘声绘色、有模有样，好像那样的一个故事是真实的，那样的画面是科学无法解释的。

奶奶离开我们多年了，我还是忘不了她年老时的模样，花白的头发苍白的脸，一副憔悴的面容。每天晚上，奶奶都要去草坪的广场上打健身球，养成了一种习惯。健身球，就是球上挂着一根长长的绳子，绳子比较有弹性，靠来回用手甩绳子让球不断摇晃捶打着身体。那天，奶奶健身球打累了，坐在石凳上休息，我和姐姐围绕在奶奶身边听奶奶讲故事。

奶奶说，有一座房子里，每到晚上八点墙上时常会出现一个红色的长方形影子。影子印在墙上不受外界干扰，无论怎么遮挡影子依然影印在墙壁上。奶奶讲的红影子的故事仿佛发生在昨天，那个场景离我很遥远，但在奶奶的描述中又像是近在咫尺。奶奶并没有亲眼看到故事里的红影子，这只是她听到的一个故事。小时候，我对于这样的故事充满了好奇，但又不觉得是真实的事件，无非是奶奶编的故事罢了。至于奶奶说的那个地方我也只当是一个传说。

突然有一天，奶奶提到的那个红影子走入了我们的生活，不是长方形，而是一个红点。当我和姐姐从草坪往家走的时候，那个小小的红点开始跟随着我们。于是，我们加快脚步跑了起来，它紧随其后。我们气喘吁吁地爬楼，它影现在了楼道里，步步紧逼着我们，那样的一个传说进入了现实，恐惧占满了心头。回到家里，我把红影子的故事告诉了母亲，说红影子追着我们跑。母亲根本不信牛鬼蛇神的事情，跟着我们下楼去寻找红影子。当我抬头仰望楼板的时候，它显现在了楼道的上方，母亲抬头看去，它已消失。它总是要在母亲和我之间躲藏着，好像是故意躲避着母亲，生怕被母亲发现了它的影子。母亲开始怀疑故事的真实性，以为是我们编造了一个故事欺骗了她。上楼的时候，母亲偷偷地用眼瞟着楼道里的情况，红影子再次出现时被母亲发现，母亲站在楼道通过窗户向对面的楼望去，它已经消失了。

母亲认为这不过是一场恶作剧罢了，肯定是谁家的孩子在捣鬼。第二天，红影子又出现了楼道里，母亲透过窗户发现一道红线从对面楼层的窗户里射过来，这无非是小孩子的恶作剧罢了，孩子看到自己被发现收起了激光笔，这个故事也就不了了之。

往后的日子里再也没有人讲关于红影子的传说，那个故事也随着奶奶的离去渐渐淡出了我的生活。

父亲热爱唱歌

父亲喜欢唱歌，喜欢唱一些老歌。有时候在家里，时常能听到父亲的歌声。唱歌成了父亲的一大爱好，像蒋大为、郁钧剑、阎维文演唱的歌曲父亲都喜欢听。蒋大为他们那一代的歌声始终伴随着父亲，父亲听完了也必然会去唱。

最早的时候，父亲买了一辆夏利，特意带我去赶集买卡带放在车上听。那时，父亲买了一盘阎维文的专辑，回去的路上，父亲是边听歌边唱歌。有一段时间，父亲在冶源石佛堂山上厂里工作，没事的时候就利用空闲时间唱几曲。对于父亲的歌声，我是不敢恭维的，有的歌曲听起来确实有那么点意思，有的就难登大雅之堂了。反正，父亲总会自娱自乐地唱着。

在山上，看门的大爷喜欢拉二胡，到了一种痴迷的程度。什么样的歌曲，只要给他谱子他就能拉。后来，他和我父亲成了热爱音乐的友人。我曾去过父亲厂里，见过这位看门的大爷，大爷个不高，黑黢黢的脸上永远挂着笑容。别说，他的二胡拉得真不错，隔着老远你就能听到他拉二胡悠扬的声音。听说，大爷年轻的时候就喜欢拉二胡，那时拉得还比较生涩。上了岁数以后，大爷就又拿起了二胡，当作自己的一种乐趣爱好，竟也拉出了名堂。

他们俩一拉一唱，在山中成了一道亮丽的风景线，俩人配合得相当默契。拉二胡的大爷演奏水平相当高，他屁股往椅子上一坐，左手一握二胡，右手一拉弦，立马进入了如痴如醉的状态。在院子里，二胡的声音起伏跌宕，父亲的歌声也开始随风飘扬。别说，父亲唱歌的水平还真不赖。真是经不住父亲天天地练，在这空旷的山里，空气清新，还真成了父亲练歌的好地方。父亲以前唱歌总是找不着调，扯着嗓子喊，唱不了两首歌嗓子就哑了。嗓子哑了暂且不说，就唱歌的这喊声也此起彼伏地折磨着人的耳朵。父亲对唱歌的执着与热爱，也让他的生活中多了一份乐趣。父亲一不图名，二不图利，就是喜欢喊几嗓子。

那几年，我常去山中父亲的厂子，午饭过后，父亲和大爷就开始了才艺表演，一拉一唱。大爷拉得入迷，父亲唱得投入。一首《送战友》也是俩人经常合作的经典曲目。"送战友，踏征程，默默无语两眼泪……"每唱到深情处，父亲的表情也是一大亮点，似笑非笑，似哭非哭，别人还真的学不来。父亲唱歌的方法还是没有改变，还是习惯性地扯着嗓子喊。别说，父亲这几年在山里没事的时候就喊喊，还真就喊出了点名堂。调跑得不那么厉害了，嗓子也不再拖拖拉拉的，高音喊的时候还真一下子能喊上去了。以前父亲喊的时候，到了高音嗓子就开始发颤，力度不够喊不上去，听着就折磨得人抓耳挠腮。

这么多年，我总是称父亲唱歌为"喊歌"。父亲对唱歌是一窍不通，也没有认真去学过，就是听歌曲的原唱，反复地听，反复地唱。直到现在，父亲的声带也没有打开，气息也不稳，上了岁数唱起歌来也变得费力了，吐字也不是那么清楚。但一有空，父亲还是要唱两嗓子给我们听听，向我们展示他那独特喊法喊出的歌声。

在我的印象里，父亲有两首歌"喊"得不错——《送战友》《草原上升起不落的太阳》，这是父亲最拿手的，也是唱的所有歌曲里最有点模样的。许多年前，我和父亲在家的时候，我还用音乐软件为父亲录制过《送战友》，别人听了以后还夸父亲歌唱得好。我在外地工作的时候，有一次单位举行消夏晚会，我给父亲报过名，人家听完我录制的父亲唱的那首《送战友》，想让父亲现场开唱。我和父亲说了以后，父亲死活不愿意来唱，说自己唱的这水平去了丢人。我知道，父亲和我一样都是比较腼腆的人，在人多的地方更是抹不开脸面去表现自己。所以，父亲不愿意在公众场合演唱歌曲。

父亲不去山上厂里后，也就没有再练过歌，我们也就很少再听到父亲唱歌。我相信，父亲对唱歌的热情，对歌声的喜爱，在心底里永远都不会褪色。

老照片

家里有一本影集，里面存放了许多老照片。每次翻阅这本影集都会让人想起往事。家里有一张最早的全家福，拍摄于哪一年我不清楚，那时还没有我，母亲也是刚进父亲家门不久。

老照片当中的人物瞬间浮现在了脑海中，那是他们青春时的记忆。我记得有一张彩色照片，是父母结婚那年去老龙湾风景区游逛，在景区内写有一个"龙"字的石头前拍的。那时父亲很瘦，二十多岁的小伙儿，戴着一副墨镜，长得很帅。母亲至今都没怎么变样子，只是脸上的皱纹多了起来。

每次去老龙湾景区游逛，我总会站在写有"龙"字的石头前伫立，久久不愿离去，脑海里不断浮现父亲最早在这里拍的那张照片。家里有两部电话，两部电话可以打内线交流，小时候我对这两部电话非常好奇，经常拿来玩，后来电话被遗弃在角落里，再也没有见过它。影集里有一张照片是父亲和小叔拿着电话通话时的场景，看到这张照片，我就会想起那两部电话，还有我远去的童年时光。

听母亲说姥姥姥爷坐在沙发上拍的那张照片，是在我老家的老宅子里拍的，那时我们还没搬家，姥姥姥爷来看母亲，就拍下了这张彩色照片。母亲说那时候还没有我。在我的印象里，我很少看到姥爷他们拍的彩色照片。姥姥家里也有一个相框，好多相片放在一个四方框里挂在墙上，里面大多是黑白相片。

我与姥姥的感情是很深的，母亲说我小时候是被姥姥带大的。确实，等我上学后，我还时常到姥姥家去，让姥姥搂着我睡觉。每当看到姥姥姥爷的照片，我就会想起他们，时常忍不住地落下眼泪。记得有一年，我在老家居住，父母去上班，我跟着奶奶在家，奶奶腿脚不好，自然不能照看我。我一个人走出了奶奶的院子，往村子的西头走去，想去母亲上班的地方找母亲。我不知道母亲在哪里，只是盲目地走着。路上遇到村里的一位阿姨，她知道我要找母亲后，就让我上车，带着我过去。那天，我最终没能见到母亲，她问我还有没有什么人能联系到母亲。这时，我想起了在水泥厂看大门的姥爷，于是，她带着我去水泥厂，我在门口见到了我的姥爷。

往事都已远去，姥姥姥爷作古多年，我已成家立业。最近，因为电视台为我做专访，需要我提供一些老照片，我又翻阅了影集，好多的人或事都成了我生命中最珍贵的记忆了，照片成了历史的记录者。

小时候，我们搬到县城以后，父母带我去爬胸山，那天父亲要为我拍照。我躺在胸山的草丛中，父亲按下快门为我留下了这张极其珍贵的照片。

其实，生活里，忙来忙去，我们很少拍照了。当然，现在拍照方便了许多，手机就能拍了，不像以前家里用胶卷相机拍照，洗出照片才能看到。手机拍照是方便了许多，储存在手机里，有时候一不小心就容易把照片删掉。所以，现在我越来越怀念那些老照片了，因为它们承载了我们生命里最珍贵的回忆。

搬　书

　　从网上买了一个书橱，书橱到的那天是父亲陪我抬到楼上去的。书橱被安置在了卧室里。因为买来房子一直没有居住，书橱摆在家里很久也没有把书放进去。

　　那天，我正好休班在家，打算把北区的书搬到南区去。因为书太多的缘故，本来打算让父亲帮忙一块儿搬运，父亲有事没来让我自己慢慢搬运。北区我们住在二楼，往车上搬没有费太多工夫。为了搬书方便，我把书十来本摞成一摞，两手抱着下楼，来来回回几十趟，把北区的书都搬到了车上。

　　到了南区，往楼上搬书可是一个力气活，我家住在四楼，往上搬自然是要费一番工夫。由于书多的原因，搬了一半我就搬不动了，只得给爱人打电话，让她下班过来一起搬书，帮我减轻点负担。终于书被我们全部搬到了楼上。下午，我开始慢慢整理书籍，把书整整齐齐地摆到书橱里。

　　搬来的书里，有一套"中国小说50强"，这套书是我比较喜欢的。最早在学校图书馆上阅读课时，我曾多次翻阅"中国小说50强"中的一本《活鬼》，后来由于种种原因，这本书在校期间没有全部读完。也是一次偶然的机会，接触上了文学，开始阅读书籍，我就想起了上学时曾读过的书。于是，我从网上购买了这套"中国小说50强"，一共50本书，是一套二手书籍。

我把书搬到南区后，只要休班我就会到南区阅读书籍。坐在餐厅的桌子旁，我把《活鬼》这部小说重读了一遍，也算完成了高中上学时没读完的遗憾。这几年，随着书的增多，我时常把买来的书放到南区的家里。

每次到南区取书，阅读书籍的时候，我就会想起搬书的那段经历。夏季，天气格外的闷热，我把书搬到了车上时已是汗流浃背，衣服全部被浸透。坐在车里，发动汽车的那一瞬间，我的眼眶湿润了。我发现，我的全部家当就是这些书籍了，它们成了我生命里最珍贵的东西，也是上天赐予我的礼物。

家

　　在外工作，夜深，我又想起了家，想起了自己小时候居住的地方。记得我 5 岁那年，母亲上班到夜里很晚，父亲去接她，独留我一人在家。那晚醒来，我推开门走到院子里，四周一片寂静，只有树叶哗哗的响声。

　　父亲单位在城里建了房子，我们家分了一套。房子建设的过程中，我们收拾好东西搬到城里去租房子暂住。我记得走的那一天，是一辆货车拉着家里陈旧的家具，行驶了很久才到租住的地方。我在那生活了一年，那里的环境并不是很好，杂草丛生的小院，破旧不堪的土房，还有那一段伴随着我成长的心酸故事。母亲常说，租房那段日子是我们家最穷的时候，初到县城，身无分文，拮据得很。

　　父亲为生活所迫，上夜班骑摩托车要跑 50 多分钟，为了照顾家庭他来回地奔波。记得有一次，母亲接我放学回家，家里来了小偷，从窗户爬进去的，撬开了抽屉，拿走了几百元现金和一台胶卷式相机。相机是母亲结婚时买的，很多我小时候的照片就是用它照的。从那以后，晚上母亲害怕一个人在家带着我，父亲租了一辆车把姥姥接过来陪我们。卧室里有两张床，我和母亲睡一张，姥姥自己睡一张。

　　租房的院里有一条狗，那是老房东留下来看家护院的。夜深人静，只要有个风吹草动狗就拼命地狂吠，搞得我们的心也是怦怦直跳。后来，租住的房子添了新的房客，姥姥也回到了自己的家里。租房子的是一对小情侣，我记不清他们的模样了，我们相处的时间很长，彼此也都互相照应着，关系很好。我经常去他们房间玩，他们很热情地招待着我。有时候放学，我要走很远的路回家，男主人看到了会骑自行车带着我回家。

　　父亲单位房子建好，我们要搬过去居住。那晚临走时，母亲把我穿不上的衣服赠予了那对情侣，说给他们家的小孩穿。那时我还小，什么都不懂。在这之后的若干年里，我们和那对小情侣就再也没有见过。或许，我们在某一个地方相遇又擦肩而过，这么多年过去，我们彼此都已经忘了当初的模样了。

　　我喜欢搬进的新家，90平方米的楼房，自己拥有一间宽阔明亮的卧室，还有一个老旧的写字台。在卧室里，我喜欢夜晚，喜欢窗外耀眼的繁星，还有那一轮弯弯的月亮。我喜欢雨天一个人躲在被窝里听收音机，广播节目带给我童年许多美好的时光。

　　许多年过去，我又换了新家，我又想起了从前生活过的地方。

盆栽梅花

早些年，父亲弄了几盆梅花放在客厅里，为的是新年到来让家里有个新气象。父亲对养花并不擅长，他怕养的梅花枯萎死去，过了年就把梅花搬走，让朋友代养。

新买的房子长时间不去居住，母亲说家里应该养点活物。我就想起了养一盆梅花。眼看就要过年了，于是，我去了花卉市场，在马路的旁边看到了一盆梅花。下车询问老者，他说这梅花他养了三年，便宜出售，问我有没有兴趣。我特别喜欢这盆梅花，它的枝干盘根错节，已经成了一道亮丽的风景线。于是，我买下了这盆梅花。

我到花盆摊位前，挑选了一个漂亮的花盆，付完钱打电话给父亲，希望他能帮忙弄点土把梅花移到新买的花盆里。到父亲工作的地方找他，父亲领我去地里，用铁锹往花盆里撮了两锹土，把梅花移栽到新的花盆里。父亲和我把花盆搬上车。

回到新家的楼下，我把花盆搬到了家里，为梅花浇了许多水。有了梅花以后，我时常要到新家去为梅花浇水，生怕它会缺水而枯萎。一天，我到家里，看到梅花无精打采的样子，花瓣掉落，奄奄一息，眼看就要枯萎了。我把它搬到了阳台上，让它见见太阳，临走时又为它浇了水。我还是不放心梅花，常常跑来看它。它在阳光的照耀下，渐渐舒缓了过来，我的心也放了下来。

　　有一段时间，由于工作忙碌的原因，我竟然忘记了那盆梅花。等我想起来后，赶忙去看它，结果那盆梅花已经枯萎。我的心里从此没着没落，心里充满了惆怅。梅花枯萎了，我也就很少再去新家了。

火　锅

　　每次吃火锅，我常常想起往事。最早吃火锅是和家人在一起，父亲准备好火锅底料和食材，我们围着一张桌子吃火锅。后来到外地上学，和同学在校外租了一间房子，我们时常聚在一起吃火锅。

　　我是特别喜欢吃火锅的，早些时在家里吃火锅，弄得家里雾气腾腾，总引来母亲的抱怨。母亲是不愿意吃火锅的，她也不愿意我们吃。每次母亲都是嘴上说一说，她嫌火锅的热气飘散得到处都是，容易导致墙皮脱落。

　　其实，母亲也愿意坐下来，和我们围在一起吃火锅。这并不是说母亲愿意吃火锅，而是她愿意陪我们坐在一起。冬天，天气特别寒冷，是吃火锅的好时节，吃点热的东西可以暖暖身子。只要到了天冷的时候，父亲就要去买火锅食材，豆腐、猪血、豆芽、白菜、菠菜、生菜、肉等都是吃火锅必备的食材。父亲提前把准备好的食材放在盘子里，拿出电锅放在客厅的茶几上，给锅里倒上水，放入火锅底料，等水沸腾的时候，把食材放入锅里煮。

　　我参加工作后，时常想起和父亲在一起吃火锅的往事。自从不和父亲在一起居住后，就很少有机会能和父亲坐下来一起吃火锅了。

　　我上大学时，在校待了没多久，我们几个人便相约到校外租房。我们在距学校不远的李家埠村租了一间小屋，不上课时我们常到小屋附近的菜市场买食材吃火锅小聚。

　　现在，一个人吃饭时，我总想起大学期间吃火锅的往事。龙飞是我们当中最活跃的，他最懂得如何吃火锅。我们去肉店买上几斤肉，切成片，再买上鸡蛋、啤酒、豆腐、青菜、饺子。几个人围在一起，多么惬意的一种生活。

　　有一次，我回家后返回学校，听他们说在溜冰场里认识了一女孩，要一起聚聚。学校芙蓉街那里有一块空地，是溜冰的场所。周末他们去溜冰，刚好遇到那个女孩，就互相留了联系方式。那晚，龙飞请大家吃饭相互认识一下。后来我们相熟后，时常到租房的地方吃火锅。那天，因为逛市场准备食材的原因，我们很晚才吃到火锅。

　　自从我们毕业离开学校后，就很少再见面了，也就没有机会聚在一起吃火锅了。

　　到校外实习工作，我选择了留在小镇。后来，龙飞跑来投奔我，我们经常在宿舍里吃火锅，买上一提啤酒，几个人围在一起，那是一段多么让人难忘的时光。

　　后来，龙飞回到内蒙古工作，我则回到了故乡，就越来越怀念从前吃火锅的往事。

　　有一年，母亲甲状腺增大，不得不去医院做手术。母亲在青州医院做手术，父亲陪在母亲身边照顾。那天，我带着孩子去医院看望母亲，中午母亲强烈要求父亲带孩子去外面找地方吃饭。父亲开车载着我们去了市里，我们在一家火锅店吃起了火锅。父亲让我们随便点，我们要了一盘羊肉、一盘牛肉丸子，各种各样的青菜可以随意拿。

和父亲坐在一起，我们一句话都没说，吃着各自的饭直到起身离开。不过，我很珍惜这样的时光，特别是和父亲坐在一起，不需要交流，这就足够了。

第三辑　风光之恋

古桥的脉络

马家辛兴村南石桥为市级重点文物保护单位，这座古桥建于清康熙二十三年（公元 1684 年），距今已有 300 多年历史。古桥宽 3.7 米，拱高 2.8 米，拱长 4.9 米。与这座古桥相望的，是那如跳动脉搏的仰泉，也是生命的源泉，它像母亲的乳汁一样哺育着一代代人繁衍生息。

一个阳光明媚的上午，张兆新老师领我走入马家辛兴村，他是这个村里土生土长的人，写了大量关于古桥、仰泉的故事。我们走入村子不远，这座古桥就呈现在我的眼前。古桥位于马家辛兴村南，仰泉以北，呈东西走向。古桥全长 100 多米，高约数米，宽 8 米，整座桥体全部用清一色巨岩条石垒砌而成，每块条石最轻不低于千斤重。大桥的弧壁，皆用 30 厘米厚度、经过精雕细凿的长方体扇形石板镶嵌而成，而且每块石料衔接得严丝合缝，恰到好处。古桥名字的由来，就源于这座村庄的历史。古桥以村名命名——"马家辛兴村南石桥"，简称"马家桥"。其实，古桥最早的名字并不是叫"马家桥"，而是叫"李家桥"，是根据村庄最早的名字"李家庄"命名。据说建村前这里是一片荒芜原野，寂寥得连个人影都没有。后来几个姓李的人讨生活到此建设房屋，开荒种田，安居乐业。随着居住在这里的李姓家族的没落，马姓迁入人口逐渐增多，公社规划的时候将"李家庄"改名"马家辛兴村"。

马家桥的建造历史十分漫长。在大桥东端，曾经立有石碑一座，高2米，宽1米，厚20厘米。上面镌刻着建桥时间以及援建者姓名，其中有李姓、马姓、张姓人氏及外姓人。这座历史丰碑，经过多年狂风暴雨的侵蚀，年复一年，日复一日……最终，被层层沉积的泥沙掩埋。

中华人民共和国成立后，随着社会经济条件的发展和人民生活水平的提高，建设房屋需要大量泥沙，人们便瞄准了仰泉河。历经几年连续不断地挖掘，这座记载着家乡历史文献的丰碑终于浮出水面，重见光明。

据历史记载，古桥始建于清朝康熙二十三年。三百多年的古桥，历经岁月沧桑的巨变依然保持着原貌。站在古桥的石板路上，我小心翼翼地走过，生怕踩坏了历史的印记。桥是村庄的脉络，记录了村庄的历史，村庄比桥还悠远。初建古桥的场景，仿佛就在眼前，我能想象到前人的智慧，在没有机械设备的辅助下全靠人力架起了这座桥，历经风吹雨打不动摇，坚固如磐石。青涩的石板承载着厚重的历史，我就呆呆地站在沧桑的石板上，感受着、寻觅着它历史的印记。

我站在桥上，低头俯视桥下，桥的高度不算很高。可老一辈人的记忆中，桥是很高的。为了探寻桥的高度，我们走到桥旁边一户人家，一位90多岁的老者坐在门口纳凉，他思维敏捷，记忆清晰，向我们说道："在老一辈人的记忆中，桥是很高的，由于洪水淹没的缘故，淤泥上浮导致桥的高度看上去矮了很多。"这座桥在清朝道光二十年进行过修整。古桥旁边的房子原先是没有的，20 世纪 70 年代初在古桥旁边建了土坯房，80 年代将土坯房改造为现在的水泥房。听说古桥上面原有一个集市，这引来了我的兴趣。老人说："集市热闹繁华，小时候，我还在这里赶过集，母亲领着我。我时常想起集市，仿佛觉得是在梦里。"集市约 1916 年兴起，从最初的几家摆摊户，到越来越多的人加入，集市由此变得热闹起来。中华人民共和国成立以后，集市迁移，曾经热闹繁华的集市随着历史的变迁渐渐远去。

古桥上有两棵松树，看似弱不禁风，可它已有三百多年的历史了。据说松树是建这座桥时埋下的种子，没想到松树的生命力如此顽强，在古桥的石头缝隙中求生存。有几棵松树枯萎后被砍伐了，如今，只留下厚重的树墩。古桥石缝里生长的百年古松，中华人民共和国成立以后有四棵，现仅存两棵。

古桥的下方有一个石碑，石碑为古桥增加了历史的厚重感。碑中记载的那些文字，在时间的长河里历经风雨的洗礼渐渐地褪去了光彩，模糊不清。历史已经远去，桥成了承载历史的见证。

巨淀湖之美

在我的家乡临朐，多见高山耸入云间。走遍了家乡的山山水水，突然来到一个叫巨淀湖的地方，改变了我对这座城市的看法。原以为寿光这座平原城市，远近闻名的就是蔬菜，不承想到在寿光市的西北部，双王城境内就有如此之美的湖泊。

巨淀湖不仅仅是一座湖。它的历史文化非常深厚。巨淀湖历史上也写作钜定湖、距淀湖，原称青丘泺，又称作清水泊。明、清时期，将钜定湖更名清水泊。

关于巨淀湖，知道它的人不多。它并不像寿光的蔬菜远近闻名，它安逸地守在这里，为附近的村庄给养，哺育着一代代人的成长。今年立秋之时，我从临朐经青州去寿光双王城，游览巨淀湖。在轮渡上，马健老师更是当起了导游，为我们讲述了巨淀湖的历史文化和秀美风光。巨淀湖过去由西部的各条河流如淄河、跃龙河、王钦河、织女河、张僧河、阳河等汇集而成，属于季节性湖泊。最初巨淀湖面积非常大，春秋战国时称作"少海"，又称清水泊，当时其面积宽广，湖中心位于今广饶县大码头镇央上庄。后期面积逐年缩小，近代缩小至5万多亩，南北长约 10 公里，东西宽约 7.5 公里，蓄水面积约 25 平方公里，再后来，经过历史变迁和良田改造，如今缩减到了 1.2 万亩，水深 0.3 米至 1.5 米不等。

船行驶在广阔的湖面上，两旁芦苇丛生。眼前看似不大的一个湖泊，行驶一段走出曲折的芦苇荡，外面又是一番秀美的景象。原以为湖泊很小很小，没想到在曲折的芦苇荡后，又是一片开阔的湖泊地，别有洞天。

你看那水光潋滟，芦苇轻摇，鱼儿快乐地时不时露出头来，望着远道而来的客人，吐着水泡表示着欢迎。鸟儿自由自在地飞翔在芦苇荡的上空，唱着优美的歌曲，迎接着最尊贵的客人。据了解，这片湖泊地里有鲢鱼、鲶鱼、黑鱼、鳝鱼、鲫鱼、草鱼、泥鳅等 10 余种野生鱼类，常年驻留有国家一级保护鸟类 3 种、二级保护鸟类 7 种，国家重点保护的有重要经济和科研价值的鸟类 20 多种。

巨淀湖，红色资源丰富。红色，赋予了这片芦苇荡厚重的历史感。这里是红色革命的摇篮，走出了马保三等一大批革命者。

"西边的太阳快要落山了，微山湖上静悄悄……"同行的老师，有的已激动地唱起了这首《弹起我心爱的土琵琶》。歌声回荡在芦苇丛中，仿佛回到了那个战火纷飞的年代，马保三正带领着八支队，在这片芦苇荡中与敌人展开殊死搏斗。

在返回的途中，以为这片湖泊的面积不是特别大，直到在少海楼午餐结束后，往外走，发现墙壁上一幅巨大的摄影作品。有人告诉我，这幅摄影作品拍的就是巨淀湖，我很惊讶，走上前仔细打量这幅画，没想到这片湖泊竟有如此之大。在轮渡上，开船的老者只是领我们看了湖泊的冰山一角，在湖中行驶了一段后便折返而回。这冰山一角，让我们了解了巨淀湖之大和历史文化，它的秀美风光更为独特。

巨洋湖风光无限美

清晨，天微微亮的时候，我们就已经在从县城去巨洋湖的路上。爱人开着车，沿着新修的干渠道路慢慢地行驶。车窗摇下，我们呼吸着大自然所赋予的清新空气。

干渠里的水湛蓝湛蓝，垂柳倒映在水中随风轻摆，鱼儿时不时在水中荡起小小的涟漪，垂钓的老者已经准备就绪开始一天的垂钓乐趣。车慢慢地行驶，沿途的风景是这样迷人，每一处都有天然的自然景观，水闸门拦住了水流的去处，使得水从闸门的上方一泻千里，形成壮观的场面。

沿途增设了许多公共自行车停放点，直达巨洋湖风景区。如果在晴朗的早晨，骑着车子漫步在新修干渠的道路上，既锻炼身体又呼吸新鲜空气，还可以在干渠小小的公园中驻足休息，体会鱼跃水面冲你打招呼的别样乐趣。

顺着干渠道路往巨洋湖方向行驶，在接近爬坡路段的时候，干渠里的水已经成为零零散散的浅水湾，别致的石子和杂草丛生的画面形成独特的风格。在看似平行的水渠面竟会形成水流隔断的画面。我想，肯定是一种错觉让我没有发现干渠里的高低不平。

　　巨洋湖，不仅是我们的生命水源，更是花鲢鱼繁衍的生命家园。这里的湖泊和秀美的风光，引来许多摄影爱好者的目光，拍摄出了一幅幅注入生命活力的壮丽景色。从太阳初升到夕阳西下，垂钓的人越来越多地来这里闲钓陶冶情操，一钓就是一天，不管钓到多少鱼总是心满意足离去。

　　听说最近在巨洋湖附近的海浮山卧龙岗中，人们发现了白鹭的踪迹，前去摄影的人每天都有。不知从何时开始，白鹭就出现在这里，生息繁衍，它们从不惧怕人的出现，经常飞到巨洋湖喝水嬉戏。有时间，你可以前往巨洋湖偶遇白鹭的出现，近距离接触它们生活繁衍的幸福家园。

　　我们要留住白鹭，让它们在这片湖泊生息繁衍，不打扰它们的生活，让它们自由自在地欢乐飞舞。

梦里海浪又翻涌

读罢海子的诗《面朝大海，春暖花开》，不禁又开始怀念起大海了。从小就一直想去海边，看大海的样子。终于，离看海的地方越来越近了，在日照这座海滨城市，沐浴着温暖的春光，踏着和煦的春风，我渐渐地抵达海滩。

越靠近海，内心就越不平静，随着海浪的奔涌上下起伏。在日照万平口风景区，我感受到了海的狂野，坐在沙滩上，看着白茫茫的一片海连着天。此刻，天变得阴沉，又下起了小雨，再看海的尽头一望无际，白茫茫的一片真是好看。远处的一个黑点，似一座小岛，刚开始误以为是一艘潜艇，再仔细观察，原来是一座礁石。

在电车的驱使下，我们一群人坐在电车上浏览海的风光，这时，车上的人忍不住高声唱起了那首动情的歌："小时候，妈妈对我讲，大海就是我故乡……"多么优美的旋律，多么动听的歌声，看着那海浪拍打着沙滩，那溅起的一朵朵浪花，是童年的回忆，是梦里的大海。

在观海返回的途中，知道了日照有一条美食街，遂前往。

到的时候已是人山人海，各种各样的美食，各种地域的特色，好吃的，好看的，好玩的，无不吸引着你。刚到日照城的时候，对这座城市不熟悉，来之前未做好功课，随便找了个地方简单地吃过午饭。后来才知道原来还有这样一条美食街，在一座古城里，这就是著名的东夷小镇。

在景区闲逛，看来往的人，看时光记载的故事。日照散文季就是在东夷小镇举行的，只闻其名，未到此地。这次到东夷小镇，颠覆了我对它的认识。原以为这只是一座普通的小镇，不承想，小镇的里面大有乾坤，吃的喝的玩的，让你的眼睛目不暇接。每一个地方，站在那里就是一处风景，恨不能用手机把每一个角落都拍下。从入口到出口，边走边逛边吃边聊边拍，就得需要一上午的时间。由于自己当天有返回的计划，在景区里也只是走马观花地看了看，这一看，却让我深深地爱上了这里。

多想一个人安静地待在这个地方，特别是在夜晚到街市，一个人悄悄地走在那古色古香的路上，抬头一轮弯月如钩，满天星斗，多么惬意的一种生活。在各种美食和古屋中穿梭，与时间、与星空对话，感受苍穹和世间的美好与遐想。如果有机会，在某一个夜晚，在东夷小镇的古街里，住宿一晚，看来来往往的人，听世间的故事，梦里海浪又翻涌。

游览水帘峡

山东省散文学会会员创作大会，在风景秀丽的南部山区水帘峡风景区举行，我应邀去参加散文学会的内部活动，并游览水帘峡风景区。

与文友范振波老师相约一起，前往南部山区水帘峡风景区，景区位于济南市的南半边。我路过青州接到范老师，由省道经淄博、章丘、济南市里到达南部山区。开着车在大山里行驶，路两边时刻都能看到悬崖绝壁。村庄依山而建，靠山而生，想走出大山很不方便，需要很长一段时间。山上的翠柏和碧蓝的天空在风和日丽的中午被阳光照射成一幅耀眼的画卷，红瓦白墙的村庄成为山中一道亮丽的风景线。

我们开车行驶在山中，呼吸着新鲜的空气，感受着这里的人们生活的家园，是多么令人向往。

南部山区，有一些景区我曾经游览过，比如济南红叶谷、四门塔等。这次来南部山区与以往不同，不是纯粹的游览风景名胜区，更重要的是参加这次学习。我们到达水帘峡风景区宾馆，办理好入住手续，到餐厅吃过饭，开始聆听著名作家阿成老师讲课。第二天，早上醒来吃过早点，开始游览水帘峡风景区，不凑巧天上下起了雨，只好打着伞游览。

我和冯矶法、范振波两位老师相约一起游逛，出了宾馆餐厅沿着曲折的山路往上攀爬。四周被大山围拢着，树木葱茏，天阴着，下着细雨。在山路上方，往左沿石阶而上，便可登山游览山中景色。一个大的石门立在石阶的正方，通过石门后可登山观景。这时，雨下得大了起来，在坑洼的小水面上形成小水湾，噼噼啪啪的雨打在小水湾中溅起了水波荡漾开来。雨水浇灌并滋养着树木、花草的生长。此时，雾气在天空中弥漫开来，随风飘动。这真是一个人间仙境，仿佛我们穿越了云海生活在天上。我爬到山腰间回头观望，山林对面的亭子显得那么的小，如在一幅画中，湖里的水映着十里长亭，别具一格。

顺石阶一路攀爬，到关公塑像前注目仰视，高大的关公塑像，注目凝视着前方，风吹雨打毫不动摇。看关公塑像，一身正气立在山腰间，不由得让我想起了《三国演义》里的关公，那大义凛然、重情重义的豪气，让我敬佩之情油然而生。

雨，淅淅沥沥的没有停，石阶经雨水洗礼不那么好走，我们只能往山下走去。山下的景色非常迷人，十里长亭被水围绕，走在长亭中，如进水帘洞。看亭岩两侧，雨水哗哗地顺着流淌，形成一道独特的水帘。漫步在这样的长亭中，呼吸着新鲜空气，看着远处的亭、山、树，被雾气缭绕成一幅优美的图画，我的心情是多么的愉悦啊！

返回的途中，我依然被山路两旁的景色迷住，山路旁的亭子让我不得不停下脚步，再次去感受这依水而形成的独特风景。

缘自坊茨小镇

一 夜里的坊茨小镇

2016 年，曾游逛过坊茨小镇，那次去小镇是与家人同行。小镇的景色很美，德日建筑群的规模化建设，使多年后的小镇有了厚重的历史痕迹。

第一次去游逛小镇，印象并不深刻，很多建筑群内部的结构建设和家具摆设不对公众开放，所以无法走入里面。这次市里举办的文学骨干研修班，在坊子区的警官培训基地，离坊茨小镇很近，晚上我们便相约去坊茨小镇。

去坊茨小镇之前，特意去宿舍服务前台询问了一下去坊茨小镇的路线及行程，原来坊茨小镇离这并不是很远。我们确定了路线和行程，觉得小镇就在我们眼前。我们决定徒步前往，走了一段才发现，小镇离我们还有六七公里，再往前行走的勇气就戛然而止了。

我们在路的对面乘 22 路公交车抵达坊茨小镇附近。走过长长的胡同，越过铁路口，前方就是坊茨小镇了。玻璃镶嵌的四个大字"坊茨小镇"出现在我们眼前。

夜晚的小镇静悄悄的，白月光洒满小镇。小镇里的外国军官居住别墅区夜晚不对外开放，我们只能游览一下小镇外面的风景。

外面，很多荒废的院落屋舍，不再有人居住，人也变得稀少。有的屋舍，透过窗户，还可以看到满屋的垃圾堆在屋内。这些曾经的居民区，有一户屋内，还悬挂着一幅2006年的挂历，之后就没再更新。

军官别墅区对面的一座大院里，很多的小屋静静地伫立在荒废的院落，大门里的小门没有上锁。我顺着月光照亮的一段小路走入小院观看，越往里走，越感觉到阴气很重。几十年，这里已经不再有人居住，一种恐惧感袭来，我只好原路返回。

返回的途中还是可以看到1898年至1914年盖的这片德日式建筑群。墙外的木槿花盛开，我们驻足、拍照、观赏。院墙里竖立的一座高层居民楼，吸引我久久地停留。那残缺不全的玻璃及老式居民楼的建筑风格，凸显楼屋历史年代的久远，那些在此居住的人或物早已随着岁月远去。

二 白天的坊茨小镇

借骨干研修班学习的契机，下午提前结束课程，再一次游览坊茨小镇。

熟悉了路程与距离，这一次开车到坊茨小镇特别快。军官别墅区的大门敞开着，走入游览，碰到一对新婚恋人在拍摄浪漫的婚纱照。古典主义与现代主义结合的小镇别墅区，非常适合拍照记录这美好的瞬间。木槿花在墙上依然盛开。百年的古槐，树干已被风雨侵蚀了一半，还在茁壮地成长，枝繁叶茂。

透过明亮的窗户，我拿起手机拍摄里面摆放的欧式木头沙发、书桌和餐桌。屋顶上方挂立的吊灯和地板交相辉映，古老的欧式建筑风格，增添了小镇的别致。这里的环境舒适优美，非常适合居住。

小镇花园里的美，难以言表。看古杨树、杉树、松树历经百年屹立不倒。小镇里槐花开得正盛，槐花香味沁人心脾。那些自由欢畅的鸟儿，无拘无束盘旋在小镇的上空。它们累了就栖息在古树梢上，稍作停留。它们是小镇的常居者，用内心的歌声欢迎远方的朋友游览小镇。

我对坊茨小镇历史文化的了解，是通过马道远老师写的长篇小说《坊茨小镇》，这本书增加了我对小镇强烈的探知欲。小镇美丽的风光和深厚的文化底蕴，都将在我下次的探访中再深入了解。我相信，下次再到小镇，一定会发现更多不为人知的秘密。

小城处处皆风景

20 世纪 90 年代随父母搬到县城讨生活，现在县城的面貌再与那时相比，已是翻天覆地的变化了。这与我儿时记忆中的小城，已是天与地的差别了。无论何时走在小城的路上，都能感受到四季的变化。为了丰富季相变化，表现"春花秋韵"主题，聘请专业设计院高标准规划设计，滨九路、临历路总面积 118 万平方米的绿化带分类实施绿化美化提升。再看道路两旁，那樱花、海棠、碧桃、丛生榆叶梅等粉花植物，给这个春季增加了一道亮丽的风景线，足不出户就能感受到大自然赋予小城的魅力。小城的春，被万紫千红点缀着。

到了夏季，道路两侧坡坎底栽植蔷薇，一片花团锦簇，让这个夏美不胜收。五角枫、银红槭、金叶榆和本地柿子、山楂等挂果植物，让这个秋天在童话的故事里绚烂多姿。其实，居民在居住的小区里，就能感受到春天的气息，小区被一片绿点缀着，生活里到处是清新的空气，那清新的感觉，让人仿佛进入一片森林里，一丝丝凉爽庇荫着我们的心灵。

"洗城净街"行动开展以来，道路变得清洁，环境得到优化，空气变得清新。全天对人行道、辅道、路沿石进行拉网式冲洗作业，让这座小城在优美的环境中充满活力，滋养着人的心灵。临历路、衡里炉村，道路和村庄的变化极大。入村前，一个绿色的公园，一个广场，一座凉亭，为村民提供了好的休息场所，整洁的村道，整齐划一的村庄，改善了人居环境。当你徒步行走在临历路，你就会看到道路旁栽植了大片苗木，在绿化设计中更是注重绿化彩化，用彩叶树种和时令花卉形成丰富的色彩主题。看，那一片片的格桑花，再过一个月就将开放，到那时，这里就会美得像一幅画。以前在景区里才能看到的美景，如今在小城的角角落落都能看到，现在小城处处皆是风景。

站在沂山大桥，奔腾宽广的弥河水流过，与弥河水交相辉映的，是那一片绿树的庇护，碧水蓝天，万里无云。河、桥是一道亮丽的风景线，现在正在建设的临朐文化中心就设计了四座景观桥——"抚琴桥""问弈桥""藏书桥""寻画桥"，它们分别讲述"流水抚琴""石林问弈""青桥藏书""画桥寻画"的故事，充分展现琴棋书画的临朐特色文化。博物馆、图书馆、美术馆、沂山大剧院等的建成，大大丰富了人们的文化生活，提升了人们的文化思维。

这座小城文化底蕴深厚，魅力四射，迸发出新的活力。深入推进的"绿满城乡、秀美临朐"专项行动，大大提升了城市品质和人居环境质量，让我们生活在小城里的人获得更多的幸福感。

古街里的小面

　　乐享地方美食，还是龙泉古街。久闻李家庄美食街的大名，一直有品尝的冲动。一大早，和同事相约去龙泉古街品尝美食。抵达古街，转悠了一圈，找了一家面馆，点了两份牛肉面、两份豆块儿。

　　面馆房间不是很大，装修精致。我们找了一个座位坐下，老板娘到厨房去煮面。没一会儿工夫，面用一个别致的瓷盘盛着端了上来，面上有大块的牛肉和一个煎蛋。尝了一口面，特别的劲道，问老板娘面为何如此劲道，老板娘笑着告诉我们，面是古街自己产的，面条是自己压的，纯手工制作，所以吃起来特别劲道。

　　一碗面十八元，老板娘笑着问我们：你们觉得贵吗？且不说面贵不贵，我反问老板娘：一碗面十八元，它的价值在哪里呢？

　　老板娘告诉我："油是古街油坊自己压榨的纯花生油，牛肉是自己每天新煮的，油菜是纯天然无公害绿色食品，鸡蛋是山上散养鸡下的山鸡蛋。我们所用的食材保证都是绿色新鲜。

如果你到外面要一份牛肉面，上面只有薄薄的几片牛肉，价格比较便宜，面也不劲道。说到这里，你就明白一碗面定价十八元的价值在哪里了。"

用老汤熬制的豆块儿非常有嚼劲，一口下去汤汁溢满了嘴。古街的面食的确很让人难忘，尤其是在寒冷的早晨，外面冷风阵阵，在面馆里吃着热腾腾的牛肉面，那是多么惬意的一种享受。

来过古街很多次，并未发现这家小面馆，和老板娘攀谈才得知，这家面馆开业才三个月。

吃着面，脑海里回忆起了各种吃过的面食。我想，生活中总有一种美食会让你刻骨铭心，你想到它的时候，一定有一段难以忘怀的过去。比如，你闲暇的时候，逛到古街，偶遇这家面馆，要一碗面，一个人或者几个人静静地坐在那里，慢慢地品尝，你就会怀念着过去，怀念过去吃过的面。

我深深体会到，要想品尝美食，享受乡村慢时光，在临朐还是要去城关街道李家庄的龙泉古街。

冶源水库游记

　　父亲回原单位工作已有几日了，打电话邀我去玩。闲来无事的我打算带着两岁的儿子去看看父亲，顺便陪孩子逛逛冶源水库。给孩子换好衣服，抱下楼，让孩子坐在车后座，我开车沿着新修的小路行驶。

　　这条新修的小路，我是第一次走，没有以前那种道路的泥泞。道路左边的干渠里，有一片零零散散的水湾，在阳光的照射下格外地美丽。道路右边的绿化带树木葱郁，在这样的林荫小道行走，有一种穿越云海的感觉，景色的美和空气的清新让人的心情特别舒畅。再看附近的村庄，它们被装扮得焕然一新，这还是我印象里小时候经过的地方吗？如此之大的变化，让我感叹不已！

　　行驶的路上，孩子被沿途的风景所吸引，一路没有哭闹。小孩对新鲜的没见过的事物都有一种好奇心，四处张望。这条直达冶源水库的道路方便了群众，沿途经过的村庄还增设了公共自行车停放点。旅途中与孔村庄头擦肩而过，庄头竖立一个拱形门槛，上面有醒目的两个金色大字"孔村"。本打算回村去看看，但由于时间的关系没有逗留就直达冶源水库。想想离开孔村十几年，离开的时候还是孩子，没想到转眼之间，我已成家立业有了自己的孩子。最近这几年忙于工作的原因，一直没回去看看，听父亲说，家里的那棵石榴树枯死了，又栽种了一棵石榴树，原本失落、惆怅的心情又开朗了，我又能吃到小时候那种酸酸甜甜的石榴籽了。

路上，我发现很多在水湾旁垂钓的老者，拿着一根钓竿坐在板凳上，静等鱼儿上钩。开车到达水库与父亲见了一面，由于父亲工作忙的原因，我便带着儿子去芙蓉岛游玩。这里的环境优美，蓝天白云，树木葱郁。看水库里的湖水波纹荡漾，不时有鱼儿探出头来，引得我和儿子驻足观看许久。春天的微风拂过脸庞，带给人一丝丝温暖。快看，芙蓉岛上的桃花开得如此的优美，长柳在轻柔的风中飘拂，鸟儿叽叽喳喳唱着愉快的歌。这是多么美的一幅风景画！

走进芙蓉岛公园的深处，有一座鱼的雕塑，引起儿子的注意。儿子嘴里一直对我说着鲨鱼，他在近前端详了几十分钟还让我给他拍照。我与儿子在欢快的时光里结束了参观芙蓉岛的行程，正要往回走，遇一中年妇女，让我帮她抬一下电动车过石阶。车子抬过，妇女连忙道谢，并与我攀谈起来，她此行的目的是想过来买几条鱼，回去做着吃，看到水库边上有老者钓鱼，便下去与老者交谈，无论怎么说老者就是不卖。妇女只好悻悻地走了，边走边抱怨。我想，可能老者把钓到的鱼当作一种成果，并非图取什么，在消遣时间的过程中，他想把自己的垂钓成果与家人分享罢了。

回去的路上，我又经过村头，看到村头立的一块石碑。石碑上刻着为村里修路的捐款者的名字。我大体扫了一眼，留名字的只有十来个人。我想那些捐款修路未留名的，只是想为家乡做一点儿贡献，也就没有想要让人知道而已！

第四辑　　故园情深

别扭的枣树

　　常常思念我家院里的那棵枣树，它站在那里，雕塑的模样。它是在我出生前一年父亲栽种在这里的，这棵枣树谁也没去管过它。它靠雨水滋润着树根，顽强地生长着。每次回家看到老家的那棵枣树，母亲总是要说："这棵枣树，多么地顽强，它能顽强到哪天呢？"

　　自从搬离了小院，到县城去生活，它就听天由命地生长，自强不息，也没怨言；雨水不下时，也没时间回院去浇水，所以枣树只靠自己根部吸收土壤中一点儿养分，给养着自己成长。每到秋季，枣树上就结满了枣，枣压弯了枝头，看着那满树的枣子，我又回想起了从前。我记得有一年，和父亲去打枣，天上下起了小雨，母亲又说："下雨不要打枣，下雨打枣枣就不结。"我和父亲相视，摇着头，不相信是真的，也不管它。

　　它不像院里那棵山楂树那么脆弱，离开了雨水就不能活，也不像那棵梧桐缺少养分，树上的花儿就不开放。它静静地站在那里，细小的枝子蔓延出来，绿叶满枝。我们这些在外的游子，也常思念故乡，思念那棵枣树，盼望着它结枣。虽年年回去看枣树，祈祷着，也无可奈何，因为和父亲下雨打枣，往后，它竟三年不曾结过枣。

稍稍给我一点儿安慰的，是小院里的石榴树上挂满了石榴，咧着嘴儿冲我们笑。虫子啄食过后，石榴从枝头跌落地面，那红色的石榴逐渐变黑，腐烂。每每快到秋季，我们总盼着枣树结满甜枣，挂满枝头，母亲总是怕枣树不结枣。经历过不结枣的三年，枣树的成长就和我们的心连在了一起。

人都说院里那棵枣树长得别扭，它真是别扭得不能再别扭了。

有一天回家，院子里来了一个大娘。她从我家门前路过，看到院墙边上那棵探着身子的枣树结满了大枣。她走入了我家，看到落地的枣子，说我们家这棵枣树结的枣子真是大，这样的长红枣还真是不好找了呢。听说这棵枣树靠雨水的供给补充水分，她惊讶地说："这真是一棵生命力极顽强的枣树啊。"她捡了一些落地枣给孩子结婚用，用手轻轻地捧着走了。

我们都很惊讶！这又丑又别扭的枣树，竟结出了又大又甜的枣子呢！我们从来没有觉得长红枣难求，外人一说，我们才恍悟它在这里生长了许多年。我曾和它一起成长，它给了我又大、又甜的枣子；而它结了这么多年枣，水不足，仍然坚强地生长着。

母亲说："长红枣在我们的生活里常出现，我们却没有觉得它难寻，直到大娘的出现，我们才知道这棵枣树真的不一般呢！"

"它长得是太别扭了，跟绕着藤似的。"母亲叹息着说。

"真的，确实是绕着藤生长，太别扭了。"

"别扭才是它的美呢！正因为别扭，它才能结出又大又甜的枣呢！"

谁可曾想到过，三年的时间它一直在努力地生长，没有忘记自己的使命，虽受到我们的冷落，依然不屈地忍辱负重，直到甜甜的枣子又挂满枝头。

我为自己的不思进取羞愧，为枣树的顽强生长折服；我怨恨了它那么多年，它却静静地在院里忍受着孤独和一切。我深深地感受到它那种执着生存的精神，在被人冷落的角落里，倔强地向着阳光的地方生长，默默地倾吐幽芳，为自己也为别人，奉献甘甜的累累硕果。

花园村的傍晚

　　天还未黑的时候，我已入住了花园村。晚上，夜很静，只有风吹过的声音。那些在白天叽叽喳喳的鸟，喊了一天，累了，回巢休息了，村庄安静了下来。

　　看，我用手指着门口那棵大树，遥望着树上的鸟巢。我告诉孩子："你看到鸟儿们搭的巢了吗？那是它们用嘴叼着一根根树枝，花费了巨大的工夫垒的一个结实的巢。"它们在不被人发现和打扰的树杈上安居了下来。在一片漆黑的夜里，观望那棵树，看那些树的枝杈蔓延开来，在满天繁星下，实在是美得让人不忍离去。

　　天已经黑了，村庄道路上的人稀少了，串门的人零零散散地来了。这可能是一个村庄里最大的乐趣所在，吃饱了饭闲来无事，就会东家走走、西家看看，天南海北地聊一阵子。要是谁家的儿女大老远回来了，必定会有人前来看看，嘘寒问暖一番，了解了解他在外面的经历。村庄里的人们就是这么的淳朴、善良。谁家有什么事情，他们一定会伸手帮忙。他们整天在家，除了忙农活就是忙农活，对外面发生的事情了解得很少。所以，他们对村庄乃至城市以外的地方，都充满着好奇，打量着、问着：那里的生活怎么样？有没有什么有趣的事情？满眼里都是慈祥的牵挂。

这就是在村庄里生活的好处，邻里之间走动得勤了，感情也更深了，不像我生活在县城里，住在楼房里就羡慕这样的生活。楼与楼之间、层与层之间没有串门的习惯，一个个都躲藏在小小的不被发掘的楼房里，过着自己世界里的生活。

那年夏天，我来花园村的时候，傍晚，村口已经坐满了人，他们拿着马扎分散开来，依次坐开。夏天的村庄，夜里是非常凉爽的，微风吹过，仰头就看到满天繁星映照着整个村庄，这是多少人离开故乡后向往的生活啊！

仿佛村庄离我越来越遥远了，能在村庄住是多么奢侈的一种生活。我还是时常想起故乡，想起故乡的那个小院，那棵梧桐，那弯月亮，那满天星斗。

现在，怀念往事，怎不让人怅惘。

怀念月光

当我躺在卧室的床上，翻来覆去睡不着觉的时候，我就会抬头望向窗外，看着那一缕淡淡的月光透过窗户爬进卧室，在忽明忽暗的房间里，不停地逗留。好多年，我没有这样静静地望着月亮出神了，不像小时候那样，呆呆地看着月亮，一看就是一整晚。

从前，我们家住的楼层比较高，躺在卧室的床上，侧身透过窗户就能看到天空的月亮。那月亮离我很近，近在咫尺却又远在天边。我打开收音机，听着电台的节目打发这无聊的夜。这时，楼下传来一阵急促的蹬车声，我仿佛能听到大口喘气的声音，她们窃窃私语，在这样的夜色里行走，一群高中放学回家的学生。等她们走后，夜又恢复了一片寂静。风，呼啸着吹过，窗户哗哗地震着、响着。我又躺在床上，听着收音机，直到天快亮时，才进入梦乡。

小时候，很多夜晚就是这样度过的。一个无忧无虑的孩子的童年，一个曾经生活过的地方的缩影。现在，等我醒来，我发现我已不是当年那个十来岁的孩子，我所生活的地方也改变了模样。这几年，搬离了生活过的地方，就越怀念从前。

某次回家晚了，碰到放学回家的学生，我就想起当年从我家窗户底下经过的那些女孩，想必她们也已经成家立业，有了孩子。躺在床上，仿佛又有学生从我家窗底下走过，她们又在窃窃私语。这个夜，我又失眠了。

每当我站在月光中，看到那一缕一缕光线照着大地，我就想，那光线分明是一缕缕淡淡的乡愁，让我思念着故乡。离开故乡多年了，六七岁跟父母搬到县城讨生活，故乡就成了一个让我既陌生又熟悉的地方。现在，好多故乡里的人和事已慢慢淡忘在我的脑海里。记忆中，第一次看到月光，对月光有那么深的印象，是独自一个人在房间里睡觉，醒来，推开房门，院子里一片漆黑，我只能凭着一片月色来看清小院的样子。夏天微风吹过，枣树叶哗哗地响着，一个六七岁的孩子站在小院里抬头仰望着月亮，充满着好奇，遐想着以后的生活。

某一天，在几百公里外的丈母娘家小住，躲在卧室里躺在床上，透过窗户看到那轮皓月挂在天空，这让我深深怀念起了从前的时光。现在，躲在卧室里，是看不到月亮的，连那一缕淡淡的月光也消失了。其实，月光并没走远，它一直都在我的生活里，只是我忙来忙去，很少再仰头去看月亮了。

老 屋

我们租住的这座老屋，不知道有多少年历史了。土坯房子的墙皮一层层脱落，那古老的木头窗户陈旧不堪，年代的久远让它见证了一代代人曾在这里生活居住。

土坯墙围了一个宽敞的院子，院子东边是大的房间，西边则是小的房间。我们刚搬来，选择住在了东边。屋里，一个大衣柜横立在中间。大衣柜隔开了一个厨房，还算宽敞。老屋的南面是灶房，我们从不在那里做饭。只有房东隔三岔五会来灶房烧火摊煎饼，那煎饼的香味围绕着老屋久久不愿散去。

老屋的屋顶铺了厚厚的稻草，住在老屋里面比较踏实。老屋风吹不到，雨淋不着。有这样一个栖息的地方，带给我们许多温暖。当我们惬意地在屋里的沙发上仰躺着，看着电视，窗外冷风阵阵吹过的时候，我们就会感到特别幸福。老屋里的那台电视机，播放的永远都是黑白的画面，它靠电视锅子传递信号。屋顶稻草的上方绑着一根棍子，架着一个电视锅子，电视的信号就来源于此。

我们在这座老屋生活很多年，关于这座老屋的故事，我们是一概不知。要是了解了老屋的故事，我们可能会搬离这里。老屋的故事是在我们搬离多年后才知道的，生活在这里的那一代人，离我们远去许多年了。如果了解了那辈生活在这里的人，他们那一大家子的故事，我们根本就不会在老屋居住了。

我们住过的那座土坯房子，应该是建于 20 世纪 70 年代，原先住在这里的是房东的父母，后来房东分了宅基地，重新建了新房搬离了这里。所以老屋一直由房东的父母住着，他们老去后，房子空了下来。闲着也是闲着，房东就开始出租赚点外快。我们应该是第一个住进老屋的陌生客人。

我经常在老屋的院里玩耍，滚着自行车轮胎奔跑。奔跑累了，伫立在一旁看着墙角的狗，狗也瞪着眼睛看着我，我们一句话都不说，用眼睛去交流。伫立在一旁看累了，就回到老屋躺下休息。

周末，老屋热闹了起来，房东背着一捆柴火进入灶房，在炉灶里烧上火，开始摊煎饼。我会在不远的地方，看着女房东摊煎饼的过程，一站就是一上午。看着她摊煎饼，我的生活里多了份乐趣。她会把摊好的煎饼拿给我吃。我们搬离这座老屋后，我就再也没尝过她摊的煎饼了，不知道她有没有继续在老屋摊煎饼，继续让煎饼的香味萦绕着整个老屋。直到多年后的一天，我才知道身患胃癌的她已经离开了这个世界。

其实，这座老屋包容了许多人。在岁月的轮回里，它感知着一代代人生活里的故事，承载着自身的使命。

姥姥家，我难忘的童年岁月

　　如果说童年里的记忆被视作一种幸福的快乐源泉，那么我的那些记忆在我生活里点点滴滴的画面将是一种刻骨铭心的刺痛。同样，我生活里走过的每一座城市，都会为我人生里每一个抉择铺笔，每一段路程都有一段意义非凡的故事。

　　我曾搭载着一辆乡村客车去遥远的姥姥家，那是母亲的故乡，对我而言有太多深刻的幼小时候的记忆。沿途，必要经过我的故乡，生活了几年就离开了这里，既觉得熟悉又感到陌生。真想现在还能坐车再回到那片荒凉的故土，再去看看熟悉的房屋，看那留给我无尽怀想的童年往事。

　　实际上，怀想只是我此时此刻的想法。在马路无穷无尽的尽头，等着那辆乡村客车的到来，一旦坐上人就有了盼头。车慢慢地驶过一个叫孔村的地方，那是生我养我的地方，父亲在这里生活了三十多年，从小就在这个地方长大。我们家的前面，是一望无际的田野，儿时多和村里的伙伴穿梭在麦田里，那种自由自在，渴望在田野中寻觅趣事，追逐着、吵闹着、奔跑着的孩子是多么的快乐。在田野的路上，遥望着水库那条干渠，傍晚夕阳西下，父亲骑着自行车披着余晖骑行在干渠上，那么美丽的一幅风景图画，永远刻在了我记忆深处。

　　我的故乡离姥姥家不算太远，我曾徒步走上干渠亦步亦趋地前往姥姥的家里，越走身体越疲倦，饥饿蔓延了全身。那时，我仿佛成了一名斗士，拖着倦了的身子，朝着姥姥家的方向走去。抵达姥姥家的时候，不知走了有多远，也忘记了饿。当我看到姥姥，看到那微黄的馒头，配着一口辣疙瘩咸菜，多么美味。那是一个孩子走了那么远的路抵达后获得的精神食粮。在我的记忆里，姥姥家的灶房里永远都支着一口大锅，闲时，姥姥就给炉灶里添上柴火，用这口大锅蒸馒头。周末，母亲有时领我坐乡村客车去姥姥家，这是去姥姥家唯一的交通工具。

　　到姥姥家，一进院门，走进灶房，就看到姥姥蒸了一大锅包子，姥姥仿佛知道我们要去特意准备似的。那包子的香味在村口就可以闻到，阵阵包子香随着微风拂过面庞，把身体压抑已久的馋虫勾引了出来，就等包子蒸熟咧开腮帮子一顿猛吃了。姥姥微微侧着脸，看着外孙狼吞虎咽的吃相，不禁露出了笑容。其实，我是很少看到姥姥露出甜甜的微笑，她总把笑埋藏在心底不愿表露在脸上。还有一次看到她甜甜的笑容，是我坐了很长时间的客车去姥姥家，一进院门，正在灶房里做着饭的姥姥看到我来，高兴得像个孩子。那天，姥姥做了自己的拿手菜，我们边吃着饭边抬头仰望星空。那满天的繁星吸引着幼小的我，我痴痴地望着，呆呆地思索着，满眼里都充满好奇的目光，嘴里不住地问着。那些眨着眼睛冲我们微微笑着的星星，它们的名字谁又能记得那么清晰，反正姥姥的记忆是越来越不清晰了，她无法告诉我那些星星的名字，只是冲我微微地笑着，眼睛里满是慈祥。

　　过年了，去给姥姥拜年，压岁钱肯定是要给的。姥姥坐在一个老旧的沙发椅上，佝偻着身子，微微地仰着头。一大群人围坐在姥姥的身旁，闲聊着天。我记不清那些来看望姥姥的亲戚，可能她们坐坐就要离开了。我给姥姥说完祝福的话，姥姥就从皱巴巴的手绢中取出崭新的五毛钱递到我的手里，这崭新的五毛钱必定是姥姥专门换来等着给我的。五毛钱的意义和一百元的意义是一样的，她承载了一位老人对孩子深深的爱。

姥爷买的那棵金橘树上挂满了金橘，我眼巴巴地望着，用手抚摸着，不忍将它摘下。姥爷大步朝着那棵金橘树走来，摘下金橘放入我的手里。我手里拿着金橘，不舍得大口地吃，慢慢地咂摸着，品着，那酸酸甜甜的味道，刻入了我幼小的心里，至今还难以忘怀。

夏天，万物复苏，绿席卷了整个村庄。那些藏在绿叶之中的蝉是最活跃的，它栖息在树上玩命地叫着，给这个夏天增添一种无休无止的吵闹。它没蜕变前就是蠮螉，它深埋在广袤的大地上，靠着树根底部土壤的一点点养料补给，三年后它冲破大地对它的束缚，拼了命一样一点点爬上树梢，褪去厚重的外壳，展开翅膀飞上枝头。

那天，我躺在姥姥家北屋里的床上，蝉就开始自娱自乐地叫着，惹得人心里一阵阵急躁。当我听到蝉鸣，我就知道又到了夏天，那些听着蝉鸣的日子，渐渐也变得奢侈起来。可是现在，我再也没有机会坐在姥姥家的小院里，听姥姥讲故事了。

姥姥离开后，姥爷一个人在家里生活，精神受了打击，靠养兔子打发下半生无聊的时光，养兔子卖还能增加点收入。每次去姥爷家，从北屋进去就能看到姥爷养的兔子。姥爷每天都要挎上一个筐，到村头那片荒凉的山上割点草回家喂兔子，村里好多逝去的先人就埋葬在那里。

这次去姥爷家，没有赶上集市。一遇上集，前街上就变得格外热闹，会看到许多人穿梭在集市上。我喜欢奔跑在集市上，看着琳琅满目的商品，什么都不买也觉得乐在其中。

姥爷去村那边的荒山搂草，挎着一个筐子慢悠悠地回来了，筐里面塞满了草。我们来时，母亲特意去菜市场购买了一只生鸡，到了姥爷家让姥爷炖上。姥爷把灶房里的柴火炉子烧上，把鸡放在铝锅里慢炖，不一会儿，鸡肉的香味就从灶房的窗户飘到了院子又钻入了屋里。一股沁人心脾的肉香，勾引出心底里的馋虫，涎水不断地漫过嘴角。

那时，姥爷剃了一个光头，慈祥地坐在我对面，他看着我津津有味地吃着，脸上露出幸福的笑容。

我们要坐车返回县城，与姥爷告别。在村口，他站在那里，久久地看着我们，夕阳西下，晚霞映着他的脸庞，他挥手目送我们离去。这是我最后一次见到姥爷。回去的路上，我一下子想起了那年夏天，我和母亲坐乡村客车返回县城，姥姥姥爷出来送我们。那天是星期天，一群高中学生要返校上学，路途中，孩子窃窃私语，说道："我们高中的那位老师，肝癌晚期走了，永远地离开了。""永远地离开了"这句话一直深刻在我的脑海中，所有的往事，一切都随风远去。

恋　家

　　我是一个恋家的人，从小宅在家里的缘故，我很少外出，也越来越想赖在家里，哪里都不去。高中毕业后，我到章丘求学，是父亲和大爷送我去的学校。那天，天不亮，我们就启程奔向学校。这是我第一次离家远行。

　　在大学里，所有的节假日，我必定要坐公共汽车回家。有时候，周末我也要回家。因为章丘没有直达临朐的客车，只能坐车到淄博再倒车回临朐。我乘坐的交通工具有两种：客车或者火车。坐火车也得倒两趟车，从章丘火车站到青州火车站，再返回临朐。即使坐车麻烦，我也还是想回家。记得有一次，我坐火车抵达青州站，已是很晚了，等我出站，父亲站在火车站的出口，不断地张望着我的身影。看到我的出现，父亲开心得像个孩子。那晚，是父亲开车接我回的家。一到家，母亲就迎了上来，帮我拿东西，还包了我最爱吃的小馄饨。

　　小馄饨，还是母亲包的好吃，皮薄肉多。这或许也是我想家的原因之一。记得我第一次吃馄饨，是我还小的时候。我到爷爷家里，中午，婶子包了馄饨，自那时起就爱上了馄饨。回到家里，吵着闹着要母亲为我包馄饨。有一天，母亲去工作，我自己一个人在家里，我就学着母亲的样子，和面，剁肉馅儿，等着母亲下班包馄饨。母亲包的馄饨出锅，我们坐在客厅的椅子上，吃到很晚，也聊到了很晚。

自从我踏入大学的校门，我已记不清来来回回坐了多少趟回家的客车。有一次放假前，是女朋友的生日，中午我们在章丘芙蓉街的一家小酒馆里畅饮，那天我们都喝了很多。生日宴会结束后，已经很晚了，我又踏上了回家的路。我从章丘汽车站坐车去淄博客运中心，然后倒车回家。当客车抵达淄博客运中心时，已没有了回家的客车，无奈的我只能联系父亲，是父亲委托朋友开车接我回的家。那天，到家已是十二点。母亲做了一桌子菜肴，想款待父亲的朋友。父亲的朋友推辞离开啦。那晚，我和父母坐在一起，吃到很晚，才不得不回卧室睡觉。

大学毕业后，我应聘到大王镇的一家企业工作。临去工作的前一天，是父亲开车送我到汽车站。我坐上临朐到东营的客车，在大王镇下车。到了周末，无事可做的时候，我会收拾好行李坐客车回家。客车到了临朐客运中心，父亲开车去接我。

有一年，过小年那天，下午很晚才通知放假。我让父亲到小镇接我。父亲推辞不来，让我坐第二天的客车。由于我回家心切，父亲没办法，只好勉强答应接我回家。我不知道为什么我会这样恋家。有时候，特别是夏天，我从家里走的时候，把冰箱里放满凉茶饮料。回到公司，就惦记自己冰冻的凉茶，急着、盼着要回家。回到家，喝着冰的凉茶，看着电视，多么惬意的一种生活。这或许也是我想回家的原因之一吧！

越想家，就越怀念小时候生活过的地方。最早，我们在老家生活。后来，搬到县城租房居住。再后来父亲单位分房有了固定的居所，再到后来的搬家。我清楚地记得，在某一夜晚，我们吃饭闲聊中，父亲说："我和你母亲辛劳了一辈子，才有了这样一个遮风挡雨的居所，将来……"父亲哽咽了，没有再说下去，我也没有再问。直到我有了自己的家，我才真正理解家的意义。

故　乡

　　回到阔别几十年的故乡，我又沿着当年的足迹重游了一遍，禁不住感慨万千。故乡还是原来的样子，只是那个年少轻狂的孩子，转眼已成大人了。

　　我骑着电动车慢行在新修干渠的路上，看着两边的风景，越是靠近故乡就越想走走那条老路。我记不清那条老路的位置了，只能凭着感觉去寻找我还是一个孩子时常走的那条路，沿着这条老路走就能抵达姥姥的村庄。这条老路旁边的大树已是枝繁叶茂，遮住了头顶的阳光，给我一片阴凉。

　　抵达村庄的时候，路比以前的水泥路好走了。我家屋前还是一片田野，那绿油油的小麦泛着青，当年我离开故乡时也是这样的场景，看着此情此景怎不让人怅惘。小时候，我经常和村里的几个小伙伴奔跑在原野里，一跑就是一整天。现在，我竟然忘记了他们的名字，连他们的样子我也都记不起来了。我真是恨自己的记忆力，还没步入老年，就把童年的伙伴忘记了。想来，我离开他们已有二十多年的时光了，许多年没有联系，没有机缘见面，怎么可能还会想得起呢？有一年，和父亲在村庄的河边洗手，几个小伙伴走过，我没有认出他们是谁。当他们从我身边走过，我隐隐约约听到他们在议论："这不是王振国吗？""是还是不是？"或许他们也忘记了我的样子。

我离开故乡多年后，又沿着家门口那条路走了一遍。我一直往前走，走到了村头河的地方。据说这条河在建村的时候就有了，关于它的历史我是一无所知。我们经常在河的周围玩耍，在一片树荫的庇护下玩耍。我常常遥望河的远方，因为过了这条河，就能到达镇上了，村庄与小镇只隔了一条河。只要想到小镇，所有的人都要经过这条河。

有一年，我们在老家居住时，母亲去上班把我送到了隔壁奶奶家里。奶奶腿脚不好，拉扯不住我，我便沿着这条路狂奔，去追赶母亲。在过了河的地方，遇到同村的人要去镇上，就让她骑着自行车载着我去找母亲。我告诉她母亲上班的地址，结果未联系上，我只得到了姥爷看门的地方。姥爷把我领进了屋里，中午为我炒了几个菜。现在，姥爷去了遥远的天国，终于不用再看门了，他永远休息在一个不被打扰的世界里，过着安静的生活。

有一天，一场暴雨袭击了村庄，下了很久很久。雨停了，村口那条河水猛涨，河水流得湍急，人一不小心就会被卷入河底，随着溪流漂向未知的地方。很多人被湍急的河水吓住，不敢走出村外。有胆子大的，就试着前行，刚迈脚就发现自己还是太弱小了，经不起河水的袭击。一个脚步没扎稳，瞬间要被河水拖走，这时，旁边的人眼疾手快，及时拉住了他，拖上了岸。这个被拖上岸的人，就是我的父亲。

有天，舅来我家做客，父亲领我们去河的对面赶集。集市上人山人海，卖什么东西的都有。在一个烧饼摊前，父亲给我买了一个烧饼，让我在集市上吃。我啃着烧饼往前走着，转眼不见了父亲的身影。集市上人很多，那时我还小，不能看到集市上更远的地方，只看到人挤着人在集市上走着。找不到父亲，我只得徘徊在集市上，苦苦地寻找。

那时，我也就五六岁，在走了一段路后，身边突然出现了一个不认识的女人，她说要带我去找父亲，而且还认识我父亲。她抱着我走了一段路，碰到了我们同村的一位阿姨，因为同村的阿姨不认识那女的，就问我她是谁，我告诉阿姨我不认识她，她说要带我找父亲。阿姨听到后，问那女的，那女的支支吾吾地说："我看他一个人站在集市上徘徊就帮他去找父亲。"同村的阿姨把我抱了过来，说要送我回家，直到遇见我的父亲。如果没有遇到同村的阿姨，我有可能会在别的地方生活，我的人生之路也会被改写。

时隔多年，我已忘记了那位阿姨的样子，也忘记了这样的一个故事。我是在母亲的诉说中，又想起了集市走丢的那段往事。我走丢的这件事，父亲并没有告诉母亲，怕母亲知道了责怪他。有天，母亲知道了这件事情，由此埋怨了父亲，责怪父亲没有及时告诉她，没有及时地去向那位阿姨表示感谢。后来，母亲带着我，特意去感谢了这位阿姨。

我在村子里时，时常会和同村的伙伴去拿酒瓶子换雪糕。有时奶奶不在家，锁着门，门底下有一段空隙，我就爬进去，到屋里拿酒瓶子到小卖部换雪糕吃。小时候，一个酒瓶子可以换一支雪糕。现在，一个酒瓶子也不值什么钱，雪糕贵了也就无法再进行交换了，但那段往事却始终萦绕在我的脑海里。

天上的星

一

只有在夏天，拿着板凳在树下乘凉，才能看到星星。平时走在夜路里，很少仰头去望星星，只顾忙着自己的事情，或者低头沉思。现在回想走过的路，每一步都衡量着对人生的思考和未来的迷惘。

我记得，那个夏夜，也是好多年前的夏夜了。家里非常的闷热，闲来无事，拿着马扎坐在楼头乘凉。楼头乘凉的人各自分散开来，隔着一段距离相互聊着天。儿子和爱人早已坐在那里等我多时，我下楼找地方坐下，孩子跑过来找我，我揽着他，抬头一起望着天上的星星发呆。我们久久地注视着天上的星星，在漆黑的夜空里，它们的眼睛是那么的明亮，闪着光芒看着我。

我想，星星一定是有记忆的，它能记住，我曾在某一个地方久久地凝望着它，不然它怎么能如此痴痴地望着我呢？这是我幼小的时候，和孩子一样幼稚的想法。天下芸芸众生，那么多的眼睛望着它，它怎么会记得这些芸芸众生呢？

　　孩子仰着头，观看了很久，问我这些星星都叫什么名字。就像我在姥姥家的时候，在姥姥家的小院里，我和姥爷姥姥围在一个小桌旁，姥姥炒了自己种的菜，熬了一锅大米汤。我们吃得津津有味时，忽然抬头，看到了满天的繁星，在漆黑的夜里格外耀眼。我便问姥姥这些星星都叫什么名字，她抬头望了很久，陷入了沉思，最后也没告诉我星星的名字。我想，在沉思里，姥姥肯定想起了自己的小时候，围在大人的旁边，看着满天的星，噘着嘴也在问那些星星的名字，看着看着，没想到转眼自己长大了，然后又变老了。

　　姥姥是老了，很多东西都记不太清楚了，就像那些星星的名字，可能在她小的时候，这些星星的名字都记在了心里，现在竟然忘了。孩子在我的面前，问着同样的问题。此时，我真不知道该如何回答。看着星星，脑海里回想起许多往事，那些星星陪伴着我，陪伴着一代代人走过了那么多精彩绝伦的时刻。

　　现在，我家居住在二楼，星星早已被面前的一堵墙遮挡得严严实实，在卧室里根本没有机会看到星星了。回想从前在五楼居住的时光，躺在卧室里，睁开眼就是满天繁星点点。一个人在孤寂的卧室里，睡不着觉的时候，就会望着星星出神，望着望着，慢慢进入梦乡。

　　如今，不管是在梦里，还是在生活里，星星仿佛离我越来越遥远了。

二

　　我很少再仰头去望着天上的星星出神了，不像小时候那样，可以呆呆地看着星星，一看就是一晚上。那时候，作为一个孩子，对任何新鲜的事物都感到好奇，都要久久地凝视着它。

一提到星星，就让我想起故乡，说来也有二十几年光景了。那时候，我还小。有一天，父亲去接母亲下夜班，醒了的我，就走到了院子的中间。夜很静，风呼呼地吹着，叶子哗哗地响。我抬头，满天的繁星眨着眼睛，对着我微微地笑着。这是我印象里第一次有满天繁星的影像，星星那么多，数都数不过来，高高地挂在天上，照着那个小院，也照着我。

我离开故乡的院子以后，就很少有机会再去仰望星空了。有一次，去姥姥家，到的时候天色渐黑，我走入姥姥家的小院，陪着姥姥姥爷围坐在小桌旁，那时候，偶然抬头向天空望去，满天的星星眨着眼睛凝视着我。我依偎在姥姥的怀里，听姥姥讲天上星星的故事。那些星星的名字在姥姥的岁月里，慢慢被时间遗忘了，遗忘在遥远的时空里。

跟随母亲搬到楼房生活，星星如影随形。只要一躺到床上，拉开卧室的窗帘，就看到满天的繁星。我们家住在高层，视野非常开阔。每天晚上，躺在床上我都要出神地望着星星，望着望着便进入梦乡。那时候的日子真是让人怀念。怀念小时候生活过的地方和那天上的一颗颗星星。自从我们又搬离了生活多年的地方，星星就再没有出现在我卧床时的眼帘。当我在卧室里翻来覆去睡不着觉的时候，我就更加怀念能看到星星的住所和那段童年的往事。

月　光

　　一缕月光透过窗户爬进卧室，在忽明忽暗的房间里。一个人，静静地躺在床上，仰头就能看到月亮悬挂在高空，那是多么惬意的一种生活。

　　我已经好多年没有看到月光爬过床头了。如今，抬头仰望，只能看到外面一座座楼房遮住了月亮的影子，卧室内一片漆黑。我想去寻找那一缕淡淡的月光，只得下楼在一片半明半暗的夜色里寻找。如果，那一片云彩遮住了月亮的脸庞，我又该去哪里寻找呢？月亮一直挂在高空，照亮夜行的人。我在矮小的卧室里，看不到月亮，连那一缕淡淡的月光也从我的生活里消失了。其实，它并没有走远，还在窗外的上空，只是那一座座楼房像一堵墙遮住了它的光影。

　　我时常想起，从老家搬到县城讨生活，居住在父亲单位宿舍顶层五楼。我喜欢高层房子，视野宽阔。每当夜幕降临，月光透过窗户钻入卧室，在卧室里一点点挪动着脚步，不一会儿就爬到我的被子上。我会靠在床头上，看着它的光影。看那一缕缕光线驱散着黑暗，照亮窗外放学骑行在路上的学生。

我们搬离生活了多年的地方，月光就远离了我们的视线。有一天，我在卧室里翻来覆去睡不着觉，走到窗外，想抬头看看月亮，只看到外面漆黑一片。看着那漆黑的夜，我深深地怀念着从前的日子。那时，我还是长不大的孩子，呆呆地看着月亮，遐想着以后的生活。现在，楼与楼之间的间距很近，把我与月亮隔绝了开来。

月亮，是那么美，它高高挂在天空，我们忙来忙去很少驻足仰望它的美。我第一次对月亮有印象，是在老家，我还是一个五六岁的孩子。那晚迷迷糊糊睁开眼，看到卧室里空无一人，我推开门走到了院子中间，想寻找父亲的身影。我没有看到父亲，找寻无果后，抬头仰望到一轮皓月挂在天空。我呆呆地看着那轮皓月，出神地望着。耳畔的风扰乱了我的思绪，那风阵阵吹过树叶哗哗地响，我再看看四周寂静一片，胆小的我便又回到卧室，蒙着被子进入梦乡。后来，我才知道，父亲去接母亲下班前，看我呼呼大睡便留我一人在家。

我长大成人后，月亮也没离开过我的生活，无论我走到哪里，只要抬头就能看到月亮的身影。只是，我躲藏在一个小小的不被人发觉的楼房里，月亮也隐藏了起来。

枣　树

　　老家的小院里，有一棵枣树。我记不清枣树是哪一年栽种的。不过，这棵枣树已有几十年的历史了。

　　几十年过去，这棵枣树的树干还是那么细，用两手就能握过来。枣树挺拔地站在那里，任风吹雨打毫不动摇。这棵枣树的枝干蔓延开来，一到春暖花开的时节，它就变得枝繁叶茂。

　　枣树，年年都有甜甜的枣子挂满枝头。每次吃到那甜甜的枣子，那甜汁就浸润着我的喉咙。我喜欢枣子挂满枝头的时节，望着那青色的枣子在阳光的耀动中晃动着，随着时间的推移，枣子逐渐地变红。那红得熟透的枣子，如不及时摘下，就会在风的摇摆中散落一地。散落一地的红枣，若不及时捡起就容易腐烂，落地腐烂的红枣会让母亲心疼好一阵。母亲总说，她过了几十年苦日子，见不得好好的枣子就这样腐烂掉。

　　秋天，是枣子成熟的时节。一到老家，就会看到枣树上结满了枣子。每年，到了枣子熟了的时候，我就和父亲拿着方便袋回老家摘枣子。院子里，有些枣子掉落，落满了一地。父亲仰着头，看着那棵枣树上结满的枣，对我说：“你看，今年的枣结得真是不少。"父亲的喜悦之情难以言表。自打父亲栽种下这棵枣树，到我们搬离到县城居住，就没再管理过这棵枣树。枣树的生命力很强，它把根扎在很深的沃土里，靠雨水的滋养，让甜甜的枣子挂满枝头。

老家这棵枣树结的长红枣，弥足珍贵。谁家结婚的时候，都要用长红枣，去找这样的长红枣，自然要费一番工夫。邻居大娘听到我们打枣，走过来问我们要一些枣子。父亲慷慨地让她自己从树上摘。大娘看到落了满地的枣，说捡捡地下的枣子就行了。这么好的枣子，落了一地，眼看要腐烂了，多可惜啊！捡完落地的枣子，大娘迈着小步转身离去。她那瘦小的背影，慢慢地消失在我的眼前。许多年了，我已记不清大娘的模样了，但她那瘦小的背影，始终印在我的脑海。

那年，我和父亲摘了很多枣子带回家，母亲看到枣子，脸上挂满了笑容。母亲把枣子拿出来，一部分放到阳台去晒，一部分用水煮，煮好后把枣子放入冰箱，等吃的时候再拿出来。

每到秋季，我就会想起和父亲收获的枣子。我记得，有一年，我陪父亲回家打枣，刚开始打枣就下起了雨。没办法，我和父亲只得冒着雨打枣子。那年过后，这棵枣树三年都没再结过枣子。三年里，父亲年年都要回家去看看。三年后，这棵枣树的枝头又挂满了甜甜的枣子。

又到秋季的时节，老家里的枣树又结满了枣子。每当吃到那甜甜的枣子，我就想起和父亲雨天打枣的那段往事。想起往事，一种莫名的酸楚涌上了心头。

第五辑　人生百味

秋风里的羊杂汤

很难忘记在外地工作时候经常喝的羊杂汤。羊杂即羊下水，把羊头、蹄、心肝、肠肺以及羊血煮熟、切碎做汤。因在外地工作倒班的关系，下了夜班经常和同事去公司对面的羊杂摊前要一碗羊杂汤。

那年，也是这样的一个深秋，天气很冷，我穿着厚厚的衣服去羊杂摊前。羊杂摊是一对中年夫妻开的，中年妇女很善言谈，拉起话来也是没完没了，男的话少。天冷了，羊杂摊搭了一个简易的帐篷。风呼呼地吹着，它总能透过帐篷刺入人的骨头缝隙，让人感到一阵寒冷。帐篷里摆了几张简易的旧铁桌子，桌子上摆着调料盒和一瓶醋，盒里放有盐、味精、胡椒粉、辣椒粉。半夜十二点以后，羊杂摊坐满了人，为了能喝一碗热乎乎的羊杂汤，有的人情愿站着或蹲着。

帐篷外面的煤炉上支着一个不锈钢桶，桶里用老汤煮着羊杂。老汤上面漂着厚厚的羊油，舀汤之前先将羊油荡一荡。如果舀汤时没有往两边荡荡羊油，那油腻的味道太厚重不免令人反胃。一碗羊杂汤要 5 块钱，碗里放上葱花、芫荽再舀上羊杂和汤，调料盒里的佐料自己搭配。

我喜欢在羊杂汤中放入很多辣椒粉和胡椒粉，让汤中的油得到一定的缓解，入口不至于油腻。羊杂在汤的浸润中味道厚重，在嘴里很有嚼劲。冷风吹着的时候，这样一碗热乎乎的羊杂汤无疑给了我的生活一丝温暖的调剂。帐篷里的煤炉上，中年妇女在忙碌地烤着火烧，黑夜里的一盏灯映着她的脸，刻画着的皱纹清晰可见。另一个煤炉里支着锅炖着肉。肉捞出放在案板上，再加上辣椒一块儿剁。男人以极娴熟的手法把肉和辣椒剁碎融为一体后卷饼或夹馍。锅中煮的肉嚼起来肥而不柴，再配着一碗热乎乎的羊杂汤，这样的味道和生活很让人怀念。

我记得，大学一个同学从外地来投奔我，我请他去车站那里的一个羊杂摊喝羊杂汤。夕阳西下，落日的余晖映着晚霞，我骑着电动车带着他。如果对两个羊杂摊进行选择，我还是觉得车站这家羊杂摊不错。首先两家的环境是截然不同的，一家搭的简易的帐篷，一家用一辆废弃的公共汽车做摊点。公共汽车里所有的座椅拆除，桌子和马扎摆在空空的汽车里。找个位置坐下，问老板要两碗羊杂汤、四个肉卷饼。他第一次喝羊杂汤，我告诉他喝的时候多放点辣椒味道会很不一样的。辣椒的辣让额头的汗水多了起来，身体感觉轻松了很多。往后的日子，我俩有空就会来车站这家羊杂摊坐一坐，还是一人一碗羊杂、两个肉卷饼。他从公司辞职离开，返回老家河南，我就没再去过车站这家羊杂摊。一年后，我离开这座城市，返回家乡工作，羊杂汤就只留在我的回忆里了。

一碗羊杂汤、两个肉卷饼，它是我在一座城市生活过的缩影。离开多年后，依然能清晰地回忆起在这里生活的点点滴滴。

人生五味

酸

见不得别人吃酸的东西，比如山楂和石榴。有人可能觉得石榴是甜的，在我的印象里石榴是酸的，一看到别人吃胃里就涌起一股酸液。

小时候，把石榴掰开，把石榴籽一粒一粒地放到碗里，再一把一把填进嘴里嚼着。那种酸味在我的心里是甜的，甜到我的心尖上。这么多年过去后，当我成人有了自己的家庭后，我就恐惧石榴了，与其说恐惧石榴不如说恐惧酸味。

还有一种比石榴酸很多的东西，那就是山楂。我们当地的山楂都比较小，远在百公里外的丈母娘家的山楂却比我们当地的山楂大得多，整整大了好几倍。这种大山楂咬上一口酸味就蔓延开来，一股强烈的酸味瞬间让你的腮帮子鼓了起来，那种酸的感觉还真是无法享受。不过，有的人就喜欢吃酸的山楂。父亲和儿子都喜欢吃山楂。我一看到他们吃山楂的那种表情，特别地享受。

那些如山楂一样的酸味刻画在他们的脸部，常常在我的脑海里出现，特别是到了秋天。

甜

从小就喜欢吃甜的东西，尤其是糖，一把一把的糖攥在手里、装在小口袋里，随时都要拿出一颗放在嘴里。

一到过年，就挨家挨户地串门或者走亲访友，无论到谁的家里，主人总是要抓一大把糖递到我的手里。作为孩子，总能得到许多的糖，那是童年最开心的一件事情。现在，糖在我的生活里是随处可见、随处可以触摸到的东西。但，我已经很少吃糖了。我记得，一到有人结婚，大包小包的糖就递到了手中，那时会拿起糖块去吃，自己根本不会去买糖。

有一次，我出差到南方，经常要和甜食打交道。早上吃糖包，中午和晚上的菜也是甜的。刚去还比较习惯，时间长了就觉得腻了，吃不惯菜里加糖。

原先家里很少买白糖和红糖，糖块也是到了过年才要买的，都是母亲自己去挑选。我们家几乎很少吃糖，偶尔会吃一点儿白糖。吃白糖还是源于儿子喜欢吃爆米花。买小玉米粒在家给孩子爆，加上大量的白糖爆出的爆米花才好吃。如果不加糖，爆米花的味道淡而无味，就没有嚼劲了。

现在，甜甜的糖虽很少在我的生活里出现了，但，甜甜的日子却充实着我的生活，一直在我身边不曾离开。

苦

都说良药苦口，这句话是对的。有的药确实很苦，你不吃又不行，只能硬着头皮去吃。小时候，一到感冒发烧，嗓子不舒服，咳嗽，母亲就会去药店买一种叫甘草片的苦药。

这种药的确很苦，那时候我根本无法下咽。那个药片很小，一放到嘴里苦味就特别浓。后来，还是吃了。还有比这更苦的药，我忘记药的名字了。是我得肺炎那一次，医生给我开的。药是一种丸子形的，黑色，放到嘴里嚼着吃特苦，我就把它掰开，分成一块一块用水冲着下咽。

母亲总说日子是苦的，原先我还不理解这句话的意义。自从有了孩子，看着孩子吃药的那种表情，我才真正理解这句话。一个人，来到这个世界走一遭，是要吃点苦，如果你不吃今天的苦，你就要吃明天的苦了。

孩子吃完药，母亲总拿白糖诱惑着孩子，让孩子乖乖地吃药。这让我想起了一句话：苦过之后才是甜。

辣

无辣不欢，成了我的一种习惯，之前很少吃辣，看到辣的东西望而却之。现在，我喜欢吃辣，这种喜欢来自大学时代的生活。上大学之前，我对辣没有多大兴趣，大学之后，我就养成了吃辣的习惯，越辣嘴里越有滋味。

我又回想起了大学里的生活，毕业已经十多年了，现在想来还是充满着美好。大学里，我常去食堂或者校外吃饭，根本不碰辣椒，自从我认识比我大一级的学姐，辣就开始填充着我的生活。她比较喜欢吃辣，每次吃饭都要辣，而且要多放辣。

有一次，我们去学校南苑餐厅吃麻辣烫，辣椒是自己往碗里添加，每个人吃辣的程度不同，自己添加更能把握量。我是不碰辣的，看到她吃辣椒的样子，辣得一脑门子汗，汗顺着脸颊滑落，满脸通红，身体显得格外清爽。我有了想尝试吃辣椒的想法。第一次吃辣，辣了一脑门子汗，身体却清爽了很多，自那时起就爱上了辣椒。我吃辣椒的时间长了，往碗里添加的辣椒就越来越多。出去吃饭，桌子上有一个辣椒罐，我都要放入小半罐，以至于后来，我吃辣的程度比她高很多。

某日，陪家人去牛寨特色旅游区闲逛，特意在一个农家乐里点了一盘杭椒炒肉。老板拿上来一碟煎饼，让卷着吃。家里人吃不惯太辣的东西，勉强可以吃几口，我则不然，一盘辣椒被我吃光后还时常惦念着。没办法，只得去菜市场买上杭椒和肉，我自己在家炒来卷煎饼。煎饼，是我们当地的主食之一，也是一种特色美食，在百里之外的丈母娘家，她们就没有吃煎饼的习惯，也没有一家卖煎饼的。来我家做客的时候，我特意准备了煎饼，丈母娘她们咬了一口就直摇头，牙口不好咬着费劲，更别提我准备的杭椒炒肉了。

回故乡工作后，经常在单位附近的一家西安小吃店吃肉夹馍。我喜欢在吃之前把辣椒倒入馍里面，这样，不仅增加了味觉的刺激，还大大增加了饭量。最近，爱人购买了牛肉辣酱，无须动烟火，馒头配着辣酱，就使我的生活充满了幸福。

其实，有的时候，平平淡淡的东西，更能充实着生活。

咸

家里炒菜是很少多放盐的，都喜欢清淡的口味。母亲喜欢清淡，父亲也一样。母亲前些年甲状腺增大，对盐的要求也高了起来，开始吃无碘盐，它有助于甲状腺的恢复。父亲血压偏高，盐吃得格外少。

我不太习惯吃太清淡的东西，我喜欢盐的厚重。比如，购买咸鱼、咸鸭蛋来充实着生活。远在百里外的丈母娘家，临海而居，时常吃到的就是咸鱼。每次去总能吃到咸鱼，咸让生活有了滋味。

在家炒菜，家里人总抱怨我酱油加多了，或者盐放多了。他们不太习惯咸的生活，我则不一样。如果有一餐吃得淡了，食欲也会减少很多，感觉生活就会无滋无味，缺少了一剂调味品。

最早，我记得家里炒菜，那时放的还是盐粒子，很粗。现在，这种盐粒子基本都是腌制咸菜的时候用，炒菜几乎用不到了。那时，奶奶家的一口大缸里就腌渍着咸菜，上面撒满了盐粒子。每次，我们回家的时候，奶奶就捞出咸菜来给大家分。

回到家，能吃到奶奶腌制的咸菜，是幸福和快乐的。现在，咸菜淡出了我的生活，可咸一直都在。

蛤蜊咸汤

在我的家乡，蛤蜊都是从外面运输过来的。购买蛤蜊往往都是炒着吃，用蛤蜊做咸汤几乎没有。

在外地，蛤蜊做咸汤是一种特色美食，爱人家里经常会用蛤蜊做成咸汤喝。因爱人家乡靠近海的缘故，海鲜产品价格比我们这要便宜很多，海鲜产品也是她们经常购买的食材之一。蛤蜊，是她们当地海产品中最常见的，也是家家购买做咸汤的食材，就像我们当地常用玉米面做糊糊一样，每个地区都有每个地区的特色，每个地区都有每个地区的饮食习惯。

我经常在一些海鲜市场、集市、菜市场的路边看到售卖蛤蜊的小贩，蛤蜊到处都有售卖的。蛤蜊的价格不贵，十元钱就购得一袋子，一袋子蛤蜊就能熬一大锅蛤蜊咸汤。蛤蜊购回家，要用清水不断地淘，淘去蛤蜊壳上带着的一些细沙和淤泥，淘不干净吃的时候容易硌牙。当锅里的水沸腾的时候，蛤蜊就可以放入水中煮了。把蛤蜊煮得开了嘴就捞出来，蛤蜊汤还要留着。蛤蜊壳和蛤蜊肉分离是烦琐的工作，要耐心地将壳和肉分离，分离开来的蛤蜊肉用水清洗后，裹上面放入油锅炸到微黄捞出。

把油倒入锅中，等油温升高，加入葱、姜、蒜、蛤蜊肉爆炒，再倒入煮蛤蜊的原汤开始煮，汤里要放入面粉、盐、韭菜等作为调味，这样蛤蜊咸汤就做好了。我喜欢味道鲜美的蛤蜊咸汤，它的口感总让我流连忘返。我第一次到岳母家拜访时，她就做的蛤蜊咸汤，做了很多，不断地往我碗里盛着，让我多喝一点儿。那晚，我喝了很多。回到故乡后，我就时常想起岳母做的蛤蜊咸汤。

有一次，我专程去菜市场购买了蛤蜊、韭菜等，学着岳母的方法回家熬咸汤。那晚，我做了很多，口感就是没有岳母做的地道。许多年过去，我再没喝到过蛤蜊咸汤，不过那碗蛤蜊咸汤的美味，将永远烙在我的心里。

我的数学老师

最使我难忘的，是我上小学时教过我的数学老师。

现在回想起来，他那时20多岁，戴着一副眼镜，个子很高，很瘦，永远都穿着一双锃亮的皮鞋。在我的记忆里，他是一个严厉、苛刻的数学老师。

我从南苑小学转到一小上三年级时，他教我们数学。好多次，他把我们这些数学成绩不好的学生留在教室里学习。我也未能幸免。因为常常被留校的原因，我经常坐不上回家的客车。我们小区里有一辆接送学生的专车，每天都是准时发车。由于我时常被留在班级，所以常常赶不上车。后来，他知道我要坐车回家，就提前放我去坐车。

仅有一次，到了中午他还留我在他的办公室写作业，是母亲赶来把我接走的。有一位同学为了躲避老师留下他学习，竟然跑到了厕所里，最后被老师发现给送回了教室。那时，我是多么地不理解我的老师，不明白他的良苦用心，内心里愤愤不平地骂着。已经过去许多年了，我还是无法忘记他。

那次，学校开运动会，老师把我留在了办公室，让我做作业。他给我出了许多的数学题，让我不会的问他。自那以后我就转到了离家近的龙泉小学上学，再见到他是家里开饭馆的时候，他在我家饭店的旁边帮媳妇售卖鲶鱼。刚开始我认出了他，没有和他说话。他主动地走到了我的面前，问我："还认识你的老师吗？"我回答认识。他让我给他的暖壶里灌上水，我把暖壶拿到饭馆为老师灌上了水。

后来的许多年里，我再也没有见过我的数学老师，每次想到他，我都永远难忘老师的教育恩情！

世外桃源

在文学的旅途中，我认识了很多的人，他们给予了我很多的鼓励和支持。因为文学的渊源与张兆新老师结识。我一直未曾去过张老师的世外桃源，听说张兆新老师要离开临朐，暂时去武汉儿子那里住几年，受到邀请，我前去拜访张兆新老师的世外桃源。

车子抵达张家董庄的庄头，一段小土路阻隔了汽车的通行。我和圣泉兄下车徒步沿土路往山上走，途中遇到迎接我们的张兆新老师。在张老师的引领下，我们欣赏着山里的风景。此时，风吹来一股淡淡的忧伤，寒冷天气里的花草树木进入了冬眠，那片让人向往的绿色在冬季里渐渐地褪色枯萎。

"瞧，那山下有一块石头。"我朝张老师手指的方向望去，张老师带我穿过密密的小树丛和枯草，渐渐地走近那块石头。这块石头不太精致，看似软绵绵的，踩在上面却坚硬无比。张老师说："我在这座山上生活了二十多年，经常到石头这个地方放羊，在我的散文里写到的那块石头就是这块。"张老师经常站在这块石头上瞭望远方的风景。这块石头的位置得天独厚，在蓝天白云里，在寒冷的冬风里，在大山的深处以独特的魅力吸引你站在上面，去瞭望远方那如诗如画的美景。二十多年的岁月里，一切都是原来的样子，接近70岁的张老师精神矍铄，走起路来和青年人一样健步如飞，你根本看不出他的实际年龄，他的实际年龄被大山这座世外桃源隐藏了起来。

圣泉兄拿出手机要为我和张老师合影。张老师感慨地说："我在这里生活了二十多年，无数次地站在这块石头上从未拍过照片，这是第一次站在这里照相。"看着手机拍摄的照片，照片里我和张老师踩在石头上仰望苍穹，这画面记录下我们生命中最珍贵的记忆。

在这座与世无争的世外桃源中，脑海里总会浮想起那些战乱的画面，在那些战乱的背后隐藏着一座安宁的桃源，隔绝了与外面战火纷飞的联系。和平的年代，这样一座世外桃源令人向往，在这安静的大山里呼吸清新的空气，营造属于自己的田园。张老师的田园出现在了眼前，几间小屋是张老师生活的居所，我昔日印象里张老师养的羊不见了。张老师由于去儿子那里不知何时再回来，忍痛卖掉了家里的羊，院里的鸡散养着几只留着给孩子们。就是在这间小屋里，张老师潜心创作出了大量的文学作品，电视剧本《良心》就是在这世外桃源中创作完成的。因为电视剧《良心》的创作，县电视台《艺苑风景》栏目为张老师做过一次专访，通过访谈的方式了解张老师走向文学创作之路的故事。

张老师领我参观他种植的桃树，因为这片桃树让这座荒山有了新的生命力。张老师说往年桃花开的时候很美，满山遍野被桃花点缀得分外妖娆，今年桃花再开的时候再来欣赏。桃熟了的时候，张老师摘下来骑车赶集售卖，年轻时候的这一段经历成了他笔下精彩的故事，以这为题材创作出了一部短篇小说。

顺着张老师指引的方向往山下走，有一口水井，就是这口水井灌溉着这片桃林，滋润着大山里的这片沃土。

　　大山里的这片沃土，这份宁静的生活方式，让张老师拿起笔潜心创作，枯燥乏味的日子里，文学作品陪伴着张老师的精神世界。

我印象中的冯矶法老师

认识冯矶法老师，最早是在微信上，时常看到他在公众号发表文章。他写的大多是乡村纪实，特别是他写的散文集《山路弯弯》，引起诸多文友的点赞和文坛的关注。乡村记忆里的老房子、石碾、围子墙、水井、打墼、盖屋、树园子、柴火垛、小街、胡同、大队菜园等篇目，被山东省临朐县委员会编入《临朐记忆·乡村篇》，还有的被编入《胶东散文年选》《胶东散文十二家·冯矶法卷》，产生了良好的社会效益。由于我们的年龄差距，这些东西在我的记忆里比较陌生，读来获益良多。

2018 年，在济南的一次散文创作大会上，我认识了冯矶法老师。他的脸庞黝黑，笑容和蔼，跟我和范振波老师亲切打着招呼，给我留下了深刻印象。在我的想象里，冯老师应该是一位年轻帅气的小伙儿，他发表的文章里都有他的简介和照片，这次见面却颠覆了我对冯老师的想象。

原来我只知道冯老师是临朐县冶源街道石河店小学的一名教师，但却不知道他已从教几十年，有着丰富的从教经历。

他扎根山区，精育桃李，无私奉献，无怨无悔。他为人师表，爱岗敬业，爱生如子，甘为孺子牛，在师生中和教育界中享有崇高声望。他教过的学生有从政的，有从军的，有执教的……学生遍布各行各业，正发挥着中坚力量。几十年来自行车是他唯一的交通工具，这辆自行车是冯老师的功臣，见证了冯老师的风雨兼程，岁月如歌，往事如烟，历历如昨。

近年来，冯老师把他的从教经历写成了一部散文集《山路弯弯》，记录了他扎根偏远山区学校，不计艰苦、默默耕耘的往事，从中可以看到他在崎岖蜿蜒的山路上，以火样的热情、坚定的步伐艰苦跋涉的身影。

2018年，与冯老师等文友相约，去原生态保持良好的冶源街道米山溜一带观光，看古村落的老石屋。在一个山村里，与冯老师热情打招呼的家长、学生很多。几位年长的家长都有点认不出冯老师来了，听说冯老师曾在此教过学，听到熟悉的名字，热情的老人连忙把冯老师往家里请。冯老师在本村及周边村庄奉献了他的青春岁月，他最早的学生如今已是当爷爷奶奶的人了，一提起冯老师，无不以是他的学生而自豪。

到了下回头小学的原址，发现这里已不是学校，因年久失修，墙体坍塌，砖瓦遍地，一片杂草。冯老师指着这片废墟对我说，这就是他从前教学的地方，这里给他留下了许多美好的回忆。山里孩子肯吃苦，他教过的学生大都学业有成，走出大山，有了出息。透过冯老师深邃的目光，我看到了他满脸的自信与从容、骄傲与自豪。他就是一代教育工作者不讲索取、只讲付出，甘为红烛、无私奉献的缩影。

有时候冯老师会约上一群文友，到他那里做客，谈文学，谈创作，赏美景，抚今追昔，共话未来。冯老师是出了名的热情好客。2018年，广饶的一名文友孙洪升老师专程到临朐游玩，到冯老师家里做客，冯老师特意打电话叫我前来作陪，并再三嘱咐：孙老师是东营的客人，人家吃得好不好就看你的了，别给咱临朐人丢脸。孙老师擅写历史题材的东西，有一本书《春耕集》，写的就是广饶的历史文化、古迹遗存，临别他赠我与冯老师每人一册赏读留念。

冯老师其实并不善言谈，但他的朋友却多得数不清，只要有来拜访的，冯老师都热情招待，让远来的客人品尝当地的特色美食———一鱼多吃。

2019 年我和冯老师、范振波老师去泰安铁路大厦参加山东省散文创作大会，回来时天色已晚，冯老师执意挽留在"大升鱼馆"吃个便饭再走。说是便饭，冯老师邀我们吃的大草鱼，足有七八斤重，做成了十二道菜。这就是不善言谈、纯朴厚道的冯老师，他的热情像火山藏在心里，就像他的教书育人，用一颗真诚的心，赢得学生的敬佩和尊重。

前段时间，冯老师给我打电话，说本村的一名大学生要到一中去采访县教育写作学会会长、正高级教师、作家马玉顺先生，让我前去引荐。后来得知，该生的毕业论文就是关于乡村教师执教情况和近年教育事业翻天覆地变化内容的。热爱学生的冯老师甘愿当"导游"，为学生搜集素材，令人敬佩。临近中午，冯老师又邀我到著名作家冯恩昌老前辈家中拜访，他与冯恩昌老师是同村人，平素熟稔。中午我们在一个小饭馆里围坐一张桌前，冯恩昌老师又和我们谈起了文学，他的文学理论和创作手法让我受益终身。

最近，冯老师要将他的散文集《山路弯弯》出版。其间，与冯老师见面的机会又多了一些，又看到了和蔼可亲、笑容可掬的冯老师，又重读了冯老师整理的十几万字的文稿。赏读这些文稿，如与冯老师秉烛夜谈，如聆謦欬，仿佛经历了与冯老师同样的岁月往事。为此，我在日记中写道：

　　《山路弯弯》是一部丰厚的历史资料，价值极高。它记录了一个时代的教育蝶变。从接到调令，到赶赴山区，从教几十年，无怨无悔。即使生活困难、条件艰苦，也初心不改，担当使命。他以校为家，守望大山，把学生当作自己的孩子，坚守着一位山乡教师的高贵品质和人格魅力。

　　冯矶法老师是一位令人尊重的长者，是一名普通却又不平凡的乡村教师，是我文学道路上的导师，是一位真诚可交的好朋友，千言万语也无以描绘冯老师的为人与故事，谨以此文致敬冯老师。

文友刘民荣

我与刘民荣老师相识多年了，准确地说对她的称呼有很多，她的孩子比我小不了多少岁，按理应该喊姨，或者喊一声大姐。在文学的道路上我更愿意喊一声老师，因为她是一个有才情的女子。

刘民荣老师的故乡就是冶源街道琴口村，那是一个美丽的村庄。她的笔下详细地记述了童年时生活在琴口的往事和对家乡数不尽的相思与赞美。对她的了解可能是一首首动情的诗歌，那些发自肺腑的真情流淌在一首首诗中，凝聚着她的心血。除此之外，我们很少看到的是她的散文，她的大部分时间都用来写诗。最近一篇详细描写和父亲生活点点滴滴的散文，一经发表就进入了人们的心里，多位朋友阅读转发。刘民荣老师写道："父亲走了，对父亲的眷恋、思念之情涌上心头，久久不能平复，拿起笔来把自己内心的感受，对父亲的爱，用散文的载体写了下来。内心的不平静，使自己无法静下心来再详细地修改，写完后在公众号发表了出来。"

父亲的爱是深沉的，我也是在父亲的栽培中渐渐长大，虽然没有活成父亲心中理想的样子。读了刘民荣描写的父亲，使我深深地理解体会到了父亲的不易，生活的艰难从来没有压垮过父亲，再苦再难都扛了过来。你们可能不知道，除了写诗写散文，更是少有人知她在家里时常拿起毛笔练字，一手好书法确实让人钦佩，相处这么多年，离得这么近都没发现她的字写得这么漂亮。一次偶然的机会，和马老师去她家做客，在卧室的书案上，发现好多书写得漂亮的字，询问得知是她写的。没有几年的功夫练字，达不到这样的水平。马老师不禁感慨了起来："我的字是丑陋难看的，没有学习，拿起笔来写完一看很不雅观，歪歪扭扭看着就是别扭。"

某次，实在盛情难却，我和马老师被强留在她家吃饭，她特意去菜市场购买了熟食。我们坐在餐厅里，她又忙活着炒了几个菜，生怕不够吃还要忙活，我们劝阻她一块儿坐下。马老师特意去外面商店买了一扎啤酒和鸡蛋，我们坐下来原本要喝点啤酒，经不住刘老师的劝，又斟满了白酒。那天，刘老师兴致很高，喝了小半杯白酒，平时很少见她喝白酒，这次也是兴致使然，欢快畅饮。

我和刘老师同住一个小区，前几年买了房搬到那里，住了一段日子就回到父母身边了，房子基本空着。我的书基本都在那个家里，有时文友前来，特意去坐坐看看书，我给刘老师打电话，她必然要过来作陪。闲时，小区外面的广场中，有时会看到她的身影，她在健身器材那里锻炼着身体，有时我们会坐下来一块儿聊聊文学。

文学创作的路上，每一位老师都是我敬佩的人，永远是我学习的榜样。

文友张立梅

　　第一次见到张立梅老师是在华特磁电的征文颁奖活动中，在华特磁电的展馆里。那天，张立梅主动走上前来与我打招呼，并互相留了联系方式。

　　我对她的了解很少，看年龄四十多岁，通过攀谈才知道她是一名诗人。自那一别再见是在她的门头上，前去拜访，在她屋里的小桌上围在一起喝茶。那时起，才知道她不仅仅是一名诗人，还是一名自己创业的老板。

　　最早了解张立梅老师，是通过她的诗。她的诗韵味很浓，她也是一位很有才情的诗人。由于种种原因，她写诗也是断断续续的，其间曾放下笔有十年未写。因为热爱诗歌，又拿起了手中的笔，抒发着自己内心的感怀。作为一名诗人，我看到的是她乐观、积极、健康的生活状态。生活里，她又是一名忙碌的家庭主妇，除了跑业务以外，还要照顾家庭、孩子，还有患病的母亲。母亲时常糊涂得找不到家门，记不起太多的事情，为了防止老人走丢，只能寸步不离。

　　有一天，张老师约我去辛寨看梅花，她说文学圈内的一位老师专门培植梅花，靠售卖梅花为生，已有多年了。上午抵达张老师的门头，她挽留在此吃饭，盛情难却只得相陪。她去外面买了几个小菜，我们相对而坐侃侃而谈。其实，她的年龄与我相差整整一旬，按理来说她应是我的老大姐。她的性格，她的内心，她对生活的热爱，她写诗的才情，她做人的谦逊，她对每个朋友的真诚相待，无不深深感染着朋友的内心。那天虽未能去辛寨看到梅花，心里的文学之花却绽放了。

每次，她写完诗歌，总是发来，让我读读提提意见。我哪里有什么意见，我是一个没有才情的写作者，写东西纯粹就是业余的爱好，也无任何作为，学习的道路还比较漫长。她总能在深夜静下心来，打开自己的心扉，把自己富有才华的另一面展现出来，用一首首诗歌慰藉着心灵。

我读张立梅的诗，是一种内心的享受，她用她的才华，抒写一首首诗，让我在精神世界里畅游。她的诗歌多发表在省级刊物，她用她的勤奋和努力赢得了编辑的认可。在写诗的道路上她还有漫漫长路要走，相信在不久的将来，她的诗歌之路会越走越远。

奔跑的足迹——丁二伟

　　读到《奔跑的足迹》这本书，让我更全面地了解了丁二伟的人生经历。我与他相识，是在柳山寨的一家酒馆里。我们正围坐在一起吃饭，他从我身边走过，找一个角落坐在了我的对面，就他一个人。这时，我才发现他失去了双臂。

　　我对他并不了解，吃饭的间隙，老板坐在了他的旁边，两人闲聊着，他的笑容深深触动了我。我看到了一个乐观、开朗，充满活力与自信的青年。他拿着手机似乎在做着直播，吃完饭离开时，结账的瞬间我才不得不佩服这样一位青年。他用手机扫完码，用嘴在手机上操作着付款，之后离去。走后，老板告诉我，他在抖音上玩直播，人气挺高，是个小有名气的网红。

　　有一天，我们几个人又到这家小馆吃饭。其中，李培明向我们讲述了丁二伟的故事，说他曾获得世界残疾人锦标赛冠军，上过中央电视台节目，出过一本励志书，演唱过几首歌曲。小时候，他爬高压线被电后失去了双臂。失去双臂的丁二伟并没有自暴自弃，而是通过体育运动找到了自我，他每天刻苦地训练，在之后的赛场上让自己熠熠生辉，夺得奖牌无数。我通过百度搜索，才知道他的比赛历程和在赛场上取得的成绩，所获荣誉之多，不能不让人赞叹。这也让我有了想认识励志青年丁二伟的想法，也更想阅读到他的自传书籍《奔跑的足迹》。

知道他玩抖音，所以去搜了他的抖音号，在上面看到了他发布的奖牌和荣誉证书。其中，最感动我的是一张张捐款证书，他用他的大爱，帮助了更多需要帮助的人。我在抖音私信处给他留言，互相加了微信。我又去他住的地方拿到了《奔跑的足迹》一书，书收到后开始认真地阅读。书里有大量他在赛场上激情飞扬的照片和生活照。阅读此书，每一字每一句都让我情不自禁地潸然泪下，他的励志故事和经历激励着我。书中有一个小题目"锻炼到尿出血"，这是何等的意志力啊！没有这样拼命的训练，怎么会取得世界长跑冠军的荣誉呢？我们有时候做一件事情，做着做着就坚持不下去了。其实，做任何事情都不应半途而废，只有坚持了，才能离自己的梦想越来越近。

从百度搜视频，听到他唱的歌和吹的小号。难度最大的应该是吹小号，他用脚替代手，吹奏了一首《送别》："长亭外，古道边，芳草碧连天……"听这首曲子，我的脑海里浮现出他训练时的样子，咬紧牙关，告诉自己坚持、坚持、再坚持。这首伤感的歌曲，也吹出了他坎坷的人生路。为了吹好这首歌曲，丁二伟在家练习了半年之久。

我知道他喜欢写字，写毛笔字，以为就是写着玩玩，陶冶情操罢了。不曾想到，他用嘴咬着毛笔写的字竟然铿锵有力，这是下了多大的功夫。最近，他又入选了吉尼斯世界纪录，不得不让人敬佩！通过了解他的人生历程，我更加坚定了持之以恒做一件事情的信心。他的故事，将永远激励着我在以后的路上，奋勇向前。

缅怀沂山之子——高辉先生

惊闻高辉先生噩耗，因突发心梗永远地离开了我们。我与高辉先生相识于红色文化研究会成立大会之际，那天先生出席活动，我们同在前台当向导，从此相熟。

后来了解才知道先生是一位才子，写了大量的文学作品，其中《河东》是先生 20 多年前的一部小说集，由已故山东省原副省长马连礼作序。因为热爱文学，喜欢书籍，先生赠予我他的小说《河东》。那天，先生让我前去取书，我因为工作关系，只能晚上前往，他把书放到了纪委传达室，让我前去领取。

因文学与先生结缘，有一次打电话邀请先生小聚，由于先生当向导陪客人去沂山游逛，回来稍晚，加上劳累了一天的缘故，先生约改天再聚。没想到这改天的相约竟成了永远的诀别。我对高辉的一生了解得比较少。有一次与高辉的妹妹相识，聊到高奋之子高峰时，晓芬姐发来一张老照片，是她和哥哥小时候与高峰的一张合影。从此，这张最青涩的照片就刻入了我的脑海。时光荏苒，一切都会远去，唯有照片记录下了时间、青春、岁月里的故事。

　　人终究都会走的，在浩瀚的宇宙里，人又显得那么的渺小。人活一生，它的意义又是什么呢？有天，经过一座老坟，看到一堆一堆的坟头，我站在那里，久久不愿离去，脑海里浮现出先生慈祥的面庞。

　　先生负责红会公众号的管理，有次由于公众号的事情与先生闲聊，先生说最近由于工作的原因，很忙，人也特别累，没有时间再发公众号了。我知道先生很忙，一边忙于工作，一边编辑书籍，一边修改自己的小说。我认识先生后，时常在公众号看到先生发的仙侠小说《青丘穆陵传》，他说修改完成后就会出版。《青丘穆陵传》出版后，先生就与世长辞了。听说先生还有一部小说正在构思创作中，结果天不遂人愿，文学界痛失一位才子，怎么不让人惊愕！

　　谨以此文，悼念先生，愿先生在遥远的天国，一切安好！

消夏文艺晚会

多年前，在大王镇工作时，多次去广场看消夏文艺晚会。消夏文艺晚会，由各个企业组织，夏季的每周五晚，在大王镇广场举行。我总要骑着车子去，挤在人群中观看。

到了夏季，文艺晚会是非常热闹的。还没开始，一群大妈拿马扎提前坐在了舞台的前面。闲着无事，坐下来看晚会是非常享受的一件事情。通常，晚会会邀请一些歌唱比赛节目选手，为大家演唱歌曲。

有一次，我骑着自行车去看晚会，晚会结束的时候，我围在舞台边徘徊，不愿离去。舞台的灯光渐渐熄了，幕布撤去，人都走远了，我还待在舞台的边缘。夜深了，看四周，空旷的一片。我的内心始终不能平静，夜静得让人害怕，我只好推着自行车离去。回公司的路上，我一人骑行，耳边微风拂过，人在夏天的夜里漫步，那是多么美好的一段时光。

汽车呼啸着从我身边驶过，月亮照着骑行的我。回到宿舍，躺在床上，就不断回想晚会的节目。直到现在，我还是怀念着看晚会的经历。有时候，闲着无事，会和同事提前到达广场，找一个位子坐下，等待晚会的开始。有时，去得晚了，我会跑到舞台的后方，看接下来要上场的歌手。因为经常看省台的歌唱比赛节目，所以对歌手较为熟悉，会在后台看着他们登台。

龙飞，是我在大学里相识的一个内蒙古汉子，他千里迢迢跑到我实习工作的小镇，投奔我。我们住在一个宿舍里，行走在一块儿。到了周五，听说小镇广场有晚会，他会拽着我去广场看晚会。没有晚会的时候，他也拽着我到广场上逛逛。我们就这样形影不离了三年，直到他回到故乡内蒙古。

有一天，他说要离开小镇，回故乡，回到遥远的内蒙古大草原。知道他要走，还是有很多不舍。他走后，我就独自一个人骑着车子去广场看晚会或者到广场逛逛。直到我离开小镇，回到故乡。回到故乡，我却越来越怀念那段工作的日子。有时，躺在床上，翻来覆去睡不着，我就想推开门到外面逛逛，外面说不定又有一场精彩的晚会。

离开公司后，也去过小镇。去县城办理养老保险转移手续，途经小镇。我提前通知了以前的同事小强，他陪着我。中午，我们在小镇的小馆里吃了顿饭。听他说，好多熟悉的同事都陆续辞职离开了小镇。等我再去小镇的时候，小强也离开了这个地方，回到了家乡枣庄滕州。

在小镇，我独自一个人，找了个地方，简简单单吃了顿饭。饭后，回家的路上，许多在小镇的人和事又浮现在我的脑海，久久不能忘却。

趣

人活着，要给自己找一点儿趣，打发那些无聊的时光。漫漫人生路上，无论什么样的趣，都能充实我们的生活，让日子过得不那么枯燥。

有时候走着走着，在某个地方，或者某个时间段，发生了一件意外的事情，总引得人挨着人，围一圈探着脑袋去张望。生活是很闲散的，需要多一点儿的趣来充实自己。所以，人一生都闲不下来。

有时在某一地方，看到两个人对弈，到了很晚也未能分出胜负，悻悻地离开。那些对弈的人，往往都是到了老年无所事事，在暖洋洋的午后开始了一生的对弈。他们和自己较着劲，输赢在他们心里的位置很重。本来两人对弈是打发生活里无聊的时光，让日子过得不那么荒废，往往走着走着，就开始了和对手较劲。俗话说"观棋不语真君子"，有路过的人停下来观看两人对弈，大谈自己心里的想法，"你该按照我的思路走"，也不知道是他在对弈还是别人在对弈，观棋者也无非是给自己找一点儿兴趣。

盛夏的夜晚，在草坪灯光的某一角落，一群人早早吃过晚饭开始一夜的找趣。他们围坐在一起，用四副扑克打发着日子，在老远的地方就能听到他们的喊声震天，好像打的不是扑克，而是看谁的嗓门大，结果搞得每个人都扯着嗓子呐喊着，谁的声音大谁就能赢似的。

有人围着草坪，一圈圈转着找着生活里的趣。他们找个人结个伴，大步大步地走着，累而快乐着。有的打着手电筒，在一棵棵大树中寻找着蚰蟮龟，忙碌而充实着生活里的日子。

有的老年人，实在无事可做，象棋也不下，扑克也不打。拿着板凳在草坪上，找个暖和的地方，一群人围在一起，晒晒太阳、聊聊天，打发着无聊的日子。无论在哪一个地方，总能看到上了岁数的人摆成一排晒着太阳，聊着家长里短的事，一天天、一年年，好像日子里总有拉不完的家长里短，说不够的家常话。

我很早就离开了村子，跟随父母到城里讨生活。一旦回到村子，在村大街上或者家门口，总是看到村子里的老年人成群结队地晒着太阳、拉着呱。在他们忙碌了大半辈子的岁月里，也该拿出余生的时间找地方坐下静静地看日出日落。我的老年也应该像他们一样，给自己找一点儿趣，拿着一个马扎坐在阳光下，回想着自己走过的日子，不禁又惆怅地想起往事了。

那些远去的日子，那些远去的人，不都在生活里找着自己的趣走着走着就散了？是啊，人的一生中，需要给自己找很多的趣，正因为有很多的趣，我们的日子才过得不那么累。

有一天，我被父亲喊去赶早市。去一家豆制品的摊位，买豆腐干和豆腐皮。一大早，这个摊位就围拢了许多人，都是在排队购买豆制品。我问父亲每天都有这么多人前来购买吗？父亲告诉我，只有早上才会有这么多人，在这里买豆制品付的是批发价格的钱，比较实惠。一想到能省钱，就会涌来很多人，他们也在购买中获得生活的乐趣。

我们的生活中有多少趣呢？例如有的人做着有趣的事，却并不觉得所做的事有趣。其实，生活中的趣无处不在。之前在一地方上班，去看过一次鸟展，已经办了很多届了。各种我叫不上名字的鸟关在鸟笼里。售卖鸟的是一些老者，他们玩鸟已经很多年了。前来购买的也是一些老者，他们在生活里互相找着自己的趣。有时候，聊着聊着，聊得情投意合，就买下了自己喜欢的鸟，开始了喂鸟、养鸟的乐趣。

我们在生活的路上走着走着，往往忽略了很多的趣事。其实，那些趣事并没有忽略我们，只是在忙碌中我们忽略了它们。细细一想，生活里那么多事情要我们去做，你不觉得每一件事都那么的有趣吗？

搬床记

购买了一套二手房，大爷送了一张大的红木床。我们需要把红木床移运到二手房里。红木床的床头、床垫都是分开来的，床板和底座是固定在一起的。我们把分隔开的三大件——床头、床板、床垫搬运到购买的房中去，这本是一件简单的事情，但因为重量的问题，人工搬运的过程却成了相当费事的一件事情。

红木床是一张古朴风格的床，床头约两米五，很重，光这样的长度抬起来搬运就是要费一番工夫的。这个大床放在北区地下室已经有几个月了，一直想把它运到新家去，只是没有合适的运输工具，只得暂时搁置在那里。那天，我正好休班在家，有想把床运到新家去的想法，于是和爱人商量：吃过午饭，我们把床搬运到南区的家里去。

午饭过后，我俩到地下室抬床。床垫太重，无法搬运。我们只能先搬床板。我和爱人从地下室把床板抬了出来，重量还能接受。我抬前面，爱人抬后面。我们开始了艰难的运床过程。说艰难，是因为床的长度和体积超常，搬运自然要费一番工夫。

我俩一路走，一路休息。说实话，我很珍惜这段抬床的经历，是因为我俩很少有赋闲的时间能够在一起共同去干一件事情。搬运床头时，她借来了一辆公共自行车，我俩把床头抬出，一头放在自行车座上，一头由我抬着，爱人则推着自行车。

原本以为，用自行车搬运床头是一件非常省力又极其简单的事情，没想到，运送床头的过程却如此艰难。床头长度和宽度的问题，影响着推自行车，所以导致推行的困难。抬着床头尾部，也是一件吃力的苦差事。我抬了没多远，两只胳膊就出现一种酸痛的感觉。

我们顺着小区里的路走，拐出小区再拐过一个路口就到了南区。因为我们搬运的时间正好是学生上学的时段，引来许多学生的目光。他们有的走了很远还是忍不住要回头看我们一下。

看着上学的学生，我就想起了曾经的自己走在这条上学的路上。这条路，铺满了多少回忆和故事。爱人推着车子继续往前走着。走了一段距离，我俩换了位置，换我推车子。我用尽了全力推着、扶着，保持车子的稳定性，她吃力地抬着。车子推到了楼底下，往四楼抬又是一件费力的工作。稍作休息，我俩一前一后，费了很大的力气，把床头搬上了四楼，汗已经湿透了衣服。

往回走，是一件轻松的事情，什么都没有搬运，只有一辆自行车。回到北区，我俩抬上床板一前一后慢慢地走着，边走边休息。再走这条路时，已经没有了匆匆忙忙上学的学生，只有我俩，迎着火热的太阳，慢慢地行走着。走不多远，我们就坐下休息一会儿。到楼底下，往楼上抬就让人胆寒了。没办法，只能咬着牙，硬是把床板抬到了楼上。这一路，我们体会了搬运的酸、甜、苦、辣，这苦也是甜的。

　　过了许多天，父亲回家，要和我们一起把床垫搬走。那晚，父亲推着车子，我和爱人扶着床垫。傍晚，风呼呼地吹着，带给人一丝丝凉意。我们三个人有说有笑地走着、聊着。那晚，是最开心和难忘的一晚，是我与父亲走得最近的一晚。到现在，我还时常想起父亲推着车子颤颤巍巍地走着时的情景。他的影子倒映在宽阔的柏油路路灯底下，肥胖的身躯，晃晃悠悠的背影，常常出现在我的脑海。

　　父亲推着车子，一副轻松的样子，冲着我们微笑。我知道，推着车子行走，是一件非常累的事情，而父亲永远都是这样，把苦与累藏在了心间。

劳动最光荣

　　上班劳动工作，实则解决个人温饱，私下劳动，则为收获累累果实。我想，每一个劳动者似乎都不太愿意去倾诉自己劳动的苦与累，也许正是内心有一种韧劲，所以很多生活在城市最底层的劳动者学会了苦中作乐，敢于承担自身的责任和社会的价值。

　　劳动是最光荣的，当你为了工作上的某一件事，不懈努力地去做，最终把既定的目标做完的时候，那种轻松愉悦、洒脱快乐的心情，在心底才是最踏实的。

　　我特别向往那种在土里刨生活的日子，很小的时候去舅家跟随着一起上坡种地。舅推着那辆带着两个筐篓的小推车，我坐在里面，推车在不平整的土路上一颠一颠地往坡里的方向行进。坡里是我们当地的土话，意思就是种植谷物的土地。舅家有三个孩子，都是男孩，庄稼地里的劳动力就是他们。炎炎的夏日他们在坡里除草、浇地、施肥，这种枯燥乏味的生活一干就是许多天。土地，只要你播种上什么，它就收获什么，从不欺骗人。这就是庄稼人在土里刨食生活却从不抱怨、埋怨的原因。正因为他们把苦当作乐，所以最后才能从土地中收获累累果实。我时常看到他们在劳作过程中大汗淋漓，脸上却挂满了笑容。到了中午，拿出蒸好的馒头配着大葱蘸着大酱，这样的日子和生活回想起来趣味无穷。

棒子熟了的季节，要去掰棒子，棒子是我们当地的土话，当地人习惯叫棒子，从不叫玉米。这时，小推车就派上了用场。人工去掰棒子放入小推车，一车一车地从坡里往家推。在家门口，棒子堆成山，然后就要扒棒子皮，把扒好的棒子放入手动棒子脱粒机里，握紧手把慢慢摇，棒子粒就渐渐脱离棒骨。这样的脱粒工作每天重复着，至少需要一个月的时间才能把棒骨和棒粒全部分离完成。现在，脱粒基本都是机器自动完成，一上午的时间就足够了。

在城市的某一角落，每个人都从事不同的工作来体现自身的价值。每一个人的价值观都是不一样的，劳动的层面也就不一样。例如，同一份工作，有的人去做游刃有余，有的人去做就相当吃力。这也不然，有的工作还在于兴趣的取向。比如说，大街上靠捡拾垃圾过活的人，这种捡拾垃圾的工作应该很多人都可以做到，为什么很多人没有做呢？其中的缘由就不一一细说了。大部分人都习惯在岗位中努力工作，有的人就不习惯，总觉得这份工作不适合自己，换了一份又一份后，又觉得现在的工作没有当初的好。其实，每一份工作都有一个适应期和磨合期，你坚持过来了也就过来了，没有坚持过来也就只能月月换工作了。

劳动是最光荣的。再细分无非就是体力劳动和脑力劳动。有的人喜欢体力劳动，有的人喜欢脑力劳动，这与自身价值的取向是有很大关系的。所以，每一个人想从劳动中收获果实，都应该勤奋、认真地去做好每一件事情，这样，你才不会辜负了时光、辜负了自己。

　　有时，我们每天从事同一件事情会枯燥乏味，学会苦中作乐才是人生的最高境界。

一个胖得可爱而又天真的姑娘

在小区广场上，我时常碰到一个胖胖的小姑娘，她的活动区域以草坪为中心蔓延到草坪外围的小路上。

那天，去草坪中心玩，我一个人静静地坐在草坪中心外半圈的石凳上看着手机。爱人陪着孩子在广场中心和其他的小朋友一起玩。抬头，我看到一个胖胖的小姑娘在草坪中心晃晃悠悠地边走边逛，往常见到她也是这种缓慢的步态。因为胖的问题，她走路显得非常吃力，每走几步路就要停下来稍作休息。没有想到这次她晃着身子走到了我的身边，开口喊了我一声："叔叔好。"我看了小姑娘一眼，"嗯"了一声，然后低头继续看手机。她接着又问我："叔叔，能不能给我十块钱去买点东西吃呢？"她的这句话一说完很使我惊讶！我在想，我俩素不相识，为什么她会向一个陌生人借钱呢？

我翻了一下口袋，发现兜里确实有十块钱，可我并不想给她。我不知道如何拒绝别人，何况她用她那渴望的眼神看着我，我无法与她对视，继续低着头。她站在我的身边，再次问了我一遍："叔叔，能不能给我十块钱去买东西吃呢？"说实话，我倒不在乎这十块钱，但给了她我觉得反而会害了她。她的父母一定控制着她的食欲，出门从不给她钱去买什么吃的。我知道，我拒绝了她，她会难过，但是为了她的健康我还是拒绝了她。我告诉她我身上没有带钱，不好意思。

女孩并没有离去，依然站在我的身旁，她告诉我："你媳妇不是在那里，你能去问她要十块钱给我吗？"此刻，我惊愕在了原地，这还是那个看上去只有十岁的小姑娘吗？她心里的谋略比我要多得多。

我告诉小姑娘，你自己过去问她吧。她晃着身子走到了我爱人的身边。"阿姨，能给我十块钱我去买东西吃吗？"她指着我，告诉我爱人，"是那边的叔叔让我来找你的。"她提到了我。同样，我的爱人也说没有带钱，拒绝了她。她失望地继续缓慢地游逛在草坪中心附近，可能是在寻找能给她十块钱的人。随后，爱人上班，我领孩子离开了草坪。不知道有没有人能给她十块钱让她去买东西吃？

后来，爱人问我，她和我都说了些什么。我说："她问我要十块钱买东西吃，我拒绝了她，她就想到了你，希望你能给她。结果，你和我都以同样的理由拒绝了她。其实，你做的是对的。"夜幕降临，我在想，她真的该减肥了，一个胖得可爱而又天真的小姑娘。

弹钢琴的孩子

我们小区里有一家琴行，学弹钢琴的人很多，大都是一些孩子，年龄小的居多。这家琴行开了许多年，学习弹钢琴的人也是一茬又一茬。作为父母，他们特别希望孩子能有门才艺，所以给孩子报名学习钢琴。

每次经过钢琴房的门口，我都能听到孩子们弹钢琴的声音，他们在老师的指导下弹得有模有样。

我家的楼上，就有一个学习弹钢琴的孩子，每到周末，我总能听到他弹钢琴的声音。他弹得有点生涩，常常发出一些刺耳的声音。听着这样的声音，有时我在想，这孩子将来会成为一个钢琴家吗？或许，许多年后，他可能会成为一个优秀的钢琴家，可现在，我听他弹钢琴的声音，并没有听出他有多少音乐方面的才华和天分，他在弹奏里展现给我的是一些生硬、刺耳的噪音。

躺在床上，夜里难眠时，我就会静下心来静静地想。我又有多少写作的才华和天分呢？我和他一样，都是因为一份兴趣爱好，而无怨无悔地为之努力着。我想，只要我们努力过，即使最后并不能成为一位优秀的钢琴家、作家，但在我们的生命里，我们曾为我们的兴趣爱好坚持过、努力过，也就没有遗憾了。

大学时售卖手机卡

上大学时，我们班里的一名同学会利用课余时间到校外售卖手机卡。我所在的城市，是一座大学城，这座城市聚集了很多学校，学生特别多。为了方便学生用手机卡上网、打电话，这里售卖的手机卡都特别便宜。

有一次，我到校外的芙蓉街游逛，路上碰到了他。他在芙蓉街的马路旁边，支上了一张桌子，售卖手机卡。来买手机卡的学生不是很多，因为卖手机卡的摊位很多，芙蓉街那边就有好几家售卖的摊位。我问他生意如何，他说每天都能卖几张，赚个零花钱，不图别的，在宿舍待着也没事干，出来活动活动挺好的。

那一年，女朋友面临大学毕业，要到校外实习。她比我大一级，是我的学姐。她走后的日子里，我在学校里无事可干，就想起了同学的那句话：到校外活动活动。于是，我就有了售卖手机卡的想法。到了校外，芙蓉街的街旁，遇到一开面包车售卖手机卡的中年男子，和他联系，要了20张手机卡，决定明天到校外售卖。

第二天，我拿着一张电脑桌，带着手机卡就往校外走去。我把电脑桌支在了隔壁学校马路的对面，这里来来往往的人很多。我找了一块石头坐下。没一会儿，就有学生来询问手机卡的价格、余额和套餐等情况，等我介绍完她选了一张。她走后，我坐在石头上休息，就给在校外实习的女朋友打电话，告诉她我在校外摆了一个地摊，售卖手机卡。虽然买的人不是很多，坐在这里看着南来北往的人，我就特别享受这样的时光和生活。

直到我快要离校时，手里还有许多张手机卡，我把它都拿给了女朋友。离校参加工作，每当想起这段经历，我就会怀念在学校的日子。现在，工作忙碌起来，就很少有赋闲的日子让我在一个地方晒着太阳，坐一下午了。

读书的日子

购买了一套楼房，还没有搬进去居住，我就时常到这里来读书。我喜欢这里的静，没有吵闹声，能让自己的心静下来读书。还有一层更重要的原因，我在餐厅里读书，从厨房的窗户望去就是一所初中，能看到学生在教室里学习的场景。

我曾就读于这所学校，也深深地怀念这所学校。我对这所学校有很深的感情，以至于我每次走到这个地方都不能忘怀。还有另外的一层意思，就是我从北区把书搬到了南区。原先，我在北区居住时，买了一个书架，里面放满了书。之后，我又购买了一个书橱搬到了南区，我的那些书也随之搬到了南区的书橱里。为了看书的便利性，我常常到南区的居所读书，几乎和学生们上下学汇成了一个点。

到了南区，在餐厅的餐桌上读书是最好的，阳光充足，让自己的视野变得更开阔。在北区，由于餐厅布局的问题，即使白天屋里也还是有些昏暗，只得开灯来阅读书籍。还有一种障碍，就是孩子的牵绊：孩子未上幼儿园时，我读书缺少了时间，孩子入园后，我的时间也渐渐变得充裕起来，也能让自己更好地读书了。

　　由于工作时间的关系，休班时间多了一些，也让自己有了更多时间去看书。真的很佩服自己，能有如此静的心态，让自己能沉下来读书。我记得，上学时，书几乎走不进我的心里。上小学，老师让订课外读物，订了不少的书，几乎都没有认真地去读。高中时，在学校的阅读室里，认真地去读了几本书，印象很深的是张宇的《活鬼》和溥仪的自传《我的前半生》。后来，热爱上了文学，就把这两本书买了下来，又重新读了一遍，感慨良多。

　　现在，我总觉得时间过得快，在读一本书的时候，不知不觉中就到了晌午或者又到了天黑。有时候读一本散文集读得着了迷，一直读到凌晨两点才去休息。这时，是母亲抱怨最多的时候，因为餐厅和母亲的卧室挨得很近，我开着灯影响了母亲的休息，还有就是母亲担心熬夜会伤害我的身体。

　　最近，工作忙碌了起来，读书也就变得奢侈了。

文学副刊滋养心灵的沃土

通过文字，传递人情冷暖、世间百态。生活里的小故事，透过文字，我们清晰地看到了作者内心深处的世界，以及他们的生活故事和有趣的事情。

喜欢报纸副刊的文字，尤其是读到那些文学作品，我就更加仰慕这些作家笔下的故事，羡慕他们能把极小的事情写得妙笔生花。散文《春风夏雨里的精灵》其中有一段："花是自然界中最美丽、最质朴、最真实的植物，是春风夏雨里的精灵，也是我的心仪之物。"作者写了家乡的花，那么美丽，这让我深深地想起了故乡，想起了养育我的那片沃土。离开故乡多年，仿佛家乡的那些花就在眼前，透过文字，我爱上了花，爱得如此的深沉。

夏日的午后，乡村晒谷场，和小伙伴们玩丢手绢。在这篇散文《草上马蹄声声》里，作者童年的回忆是我记忆里最深刻的。不光丢手绢，还有跳绳、骑马、扮演警察与小偷、老鹰捉小鸡等游戏，都伴随着我的童年。随着年龄的增长，这些游戏逐渐淡出了我的生活，又禁不住回想起童年时光。

　　乡村晒谷场，多么"刺人"的字眼。我还记得许多年前的夏夜，我到姥姥家，在村子的西头麦地里，就有一处宽阔的晒谷场。一群人，围在晒谷场里晒麦子，各家都用雨纸搭了一个简易的帐篷，留在此处看守麦场。夏天，微风拂面，人是慵懒的，懒得哪都不想去，就守在晒谷场里。这么多年过去，再也没有什么晒谷场了，姥姥已经作古几十年了。现在，再回想往事，那段童年里甜蜜、幸福的时光已是一去不复返了。

　　闲来无事，就喜欢阅读副刊文学作品，因与文学结缘，我越来越喜欢副刊那短小精悍的文字了，每每读到副刊文学专栏上的文字，我的内心就会受到滋养。多想，有一天我的文字也能刊印在精美的纸刊上，透过文字表达我对生活、对人生的热爱与思索。

"酒"的传说

　　酒，已经离不开我们的生活，小饮可以酌情，大饮则伤身体。朋友，亲戚，一大帮子人，在饭桌上必然离不开酒。酒已经贯穿了整个生活。你要在酒桌上问"酒"的来历，那必然又是一个有趣的故事。

　　其实，酒在远古时代就已经有了，这并不是传说，也不是谣言。我们的人类祖先开始用粮食谷物酿酒有很长的历史。但关于酒的传说，至今也是众说纷纭。民间传说中酒的来历，没有确凿的证据和事实依据。

　　酒的形成是来源于水果，相信大家都不陌生。我们都知道，水果只要放置时间长了便会产生酒味，在自然界中存在着许多的酒化酶，这种霉菌很容易分解转化为乙醇。特别在高温的天气下会更快地让水果发酵。因此，酒其实是自然界霉菌、气温以及食物在达到某个条件下自然而然发酵产生的，并不是起源于人的发明。

　　关于杜康酿酒。大家普遍认为，这是为了杜撰酒的故事，特别虚构的这么一个历史人物。其实不然，历史上还真有杜康这么一个人物。那么，杜康是一个什么样的人物呢？据说，杜康其实是原始社会部落的一个首领，在一次部落之间的较量中，杜康被打败然后归顺了另一个部落。每天，杜康的工作就是负责放羊。有一天，杜康工作时将自己没有吃完的饭装在竹筒里放在了山上的某一个角落，后来忘记了这件事情，经过很长一段时间，杜康想起了放在山上角落里的饭，经过时过去查看，发现飘香四溢，原来是里面的米饭发酵成了飘香四溢的酒，于是民间传说，酒由此走进了人间，成了家家聚会必然要畅饮的酒。

关于酒的传说，还有很多很多。比如，仪狄酿酒、猿猴酿酒等，都是民间的传说，添油加醋一直传到了今天。再读这些关于酒的传说，酒已经被赋予了浓重的历史色彩。《战国策》记载，帝女仪狄做酒而美，禹饮而甘之。后来大禹疏远了仪狄，因为他觉得一个国家必有因饮酒而误国者,事实证明的确如此。酿酒的工艺比较复杂，需要多种工序发酵而成。一位朋友，就是在酒厂工作，他知道酿酒的烦琐工艺。那么，仪狄酿酒的传说可信度高吗？一个柔弱女子或许本身就知道关于酒的制作流程，或者这又是一个被杜撰的传说故事。猿猴酿酒，源自猿猴喜欢将水果藏起来的缘故，因为每到冬季水果就少得可怜，为了生存，猿猴在过冬前都要储存大量的水果。夏天，有的水果放不久就会氧化腐烂，氧化腐烂的水果产生酒精。有天，樵夫上山砍柴闻到山洞里香味四溢，前去查看，走到近前，樵夫忍不住尝了起来，这一尝不要紧，发现味道绵软可口，便把它带到了山下，这也成了酒的传说的另一版本。

如今，酒已经离不开我们的生活，关于酒的传说至今仍被描述得绘声绘色，源远流长。酒的文化底蕴已印刻在我们的骨子里，无论过去多少年，酒的传说一定会被继续诉说。

读《民国小学生作文（第二辑）》

无意中得到一本《民国小学生作文（第二辑）》，利用闲暇时间阅读。《民国小学生作文》是由瞿世镇、董坚志等编纂，朗读者整理，广西人民出版社于 2011 年 6 月出版。书中的作者都是我们的爷爷辈了，阅读他们儿童时代写下的作文，他们对于生活的思考，对当时社会生活中的描写，关于对人生的憧憬和未来的盼望，使这本书被赋予了更多的价值，留给我更多的思考。

通读此书，可以更全面地了解那时学生的写作水平，大多都比较高，有的文笔虽达不到文学水准，通过他们的描写，我们更深刻地了解了他笔下对生活的感悟和对人生的思考。一篇一篇的作文，字数都不是很多，有的反映了日本侵略中国时期他们内心怀有的对中国的爱国之心和赤子之诚，有的描写了生活和学校里的趣事。那些生活故事，如同一个活生生的人站在我们面前，画面感特别的强。尤其是旅行游记，通过参观景区，把自己看到的、感受到的记录了下来，可以说是一本学生日记，也可以说是一部价值极高的历史史料。有些景区可能已没有作者笔下描写的那个景点了，或者历经岁月改变了原有的样子。如果能读到一篇描写景区的作文，不妨实地到那个景区逛逛，可能亲身的游历更能让自己深刻地融入文章中去。

希望现在的学生能认真地去阅读此书，看看先辈们的作文，给现代孩子们上一堂"真善美"的作文课。先辈们的写作水平往往要比现在的学生好很多。

长孙皇后智劝李世民

　　唐太宗李世民有一匹宝马，助他立下很多战功，因此，他对这匹马看得特别重。

　　一天，他把养马人喊来，告诉他说："一定要好好照看我的这匹宝马，出了问题拿你是问。"养马人听后，每天都尽心尽力好好照顾这匹马，生怕宝马有闪失，他把马看得比自己的命还重要。

　　有一天，养马人发现这匹马突然生病了，吓得赶紧去请兽医来给马治病，可是宝马还是死了。养马人吓得不知所措。随后有人把马死了的消息告诉了李世民。李世民听后，非常生气，他就派人把养马人抓起来，准备杀了他祭奠自己的爱马。

　　这件事被长孙皇后知道了，她觉得为了一匹马去杀人是不对的。但是李世民在气头上，她又没有办法去劝阻，她左思右想突然想起了齐景公和晏子的故事，就想借此故事去劝说李世民。

　　长孙皇后心事重重地来到李世民的寝宫，她低着头，不敢看李世民。李世民坐在椅子上斜眼看了一下长孙皇后，见到长孙皇后难为情的样子，就知道她一定是为宝马的事情而来。还没等长孙皇后开口，李世民就一脸怒容地说道："朕失了爱马，很是难过，如果皇后今天是来为养马人求情，朕看就不必了，请回吧！"

长孙皇后小声地说："妾今天来不是替养马人求情，而是想给皇上讲一个故事。"李世民问："什么故事？""齐景公和晏子的故事。"长孙皇后说。李世民非常敬仰齐景公，知道齐景公是位明君，很愿意听关于齐景公的故事，就和蔼地说："既然皇后讲的是齐景公的故事，朕非常喜欢，请速速讲来与朕听。"

长孙皇后缓缓地说："有一天，齐景公心爱的宝马被养马人杀死了，怒不可遏的他拿着兵器想把养马人杀掉。这时恰巧被晏子看到，他把齐景公的兵器夺过来说：'大王要杀养马人，而养马人根本不知道自己所犯何罪，他连自己的罪过都不知道就被大王杀掉，您不觉得他死得冤吗？请大王先让我把养马人的罪状列举出来，我想他知道自己所犯的罪状后一定不会觉得冤枉，这时候再由我帮你杀他，大王觉得如何？'"李世民听后高兴地说道："好啊，皇后这是要替朕杀死养马人吗？"

长孙皇后接着说道："还请皇上听妾把故事讲完。"李世民点点头，请长孙皇后继续说。长孙皇后说："晏子拿着齐景公的兵器一步步靠近养马人，严厉地说道：'大王让你替他好好养马，而你却将大王心爱的马杀死，你是何居心？就凭你犯的这一条罪过，大王就应当把你立即处死；可因为你犯的罪过却让我们的大王因为马的缘故杀了养马人，连累了我们的大王，你的罪过理当被处死；如果这件事让四周的诸侯听到了，知道我们的国君因为一匹马的事杀了人，你的罪过又当被处死。'"李世民听后哈哈地笑道："朕明白了，皇后这是向朕列举养马人的罪状，然后再将他杀死！"

长孙皇后说："妾是想问皇上，知道齐景公是怎么说的吗？"李世民坐在椅子上直摇头，说："朕不知道，还请长孙皇后说来听听。"长孙皇后说："齐景公对晏子说：'你快放了他，别让他这种人败坏了我仁义的名声。'"

听完故事，李世民明白了长孙皇后的良苦用心，就把养马人给放了。

在与人沟通时，如果希望别人听取自己的建议，我们也可以借用经典故事去说服对方。

购　书

　　喜欢上了购书，并不是因为阅读量大大地增加的缘故，而是一种兴趣爱好而已。这些年，买书成了一种习惯，只要看到喜欢的、好的书籍就一定会买来。

　　多年前参加县讲习班时，听高老师讲课，他向我们推荐了百花散文系列丛书，说有时间、有兴趣可以买来读一读。于是，回到家后，我从网上搜到了这些书籍，便买回了家，整整四大箱子，是父亲帮我推到家里的。因为打包的缘故，四大箱书籍装在了一个纸箱里，父亲搬不动，只得拖着让箱子滚上了楼。等我回到家里，家人不断地抱怨我买书，买个一两本就行了，还买这么多书，占地方不说，用处也不大。

　　我还想起了我多年前买的一本书，是《莫言全集》。那时，我到上海出差，因为第一次来上海，就想到处逛逛走走。我特别向往那些知名的学府，复旦大学、交通大学、同济大学、上海戏剧学院我都去过。我忘了书是在哪个大学的校外买的了。当时走到那里，正好看到一个书摊售卖书籍，我便挑选了这本《莫言全集》，当时花了二十元。这本书很厚，因为工作关系，买回来一直没读。直到回到故乡工作，我才又翻出这本书阅读。读完这本书，我触动很深，我便由此爱上了读书，同时也爱上了买书。

因为喜欢散文，这几年购买的散文集多了一些。无论是国内还是国外的散文集我都会去买。有时候，在公众号里看到名家写的一篇散文，由此会爱上他所写的文章，就会去买一本他的著作去读。这几年，我买的书多，读的却很少。

在单位上班，同事们经常会看到我购买书籍，而且是一箱子一箱子地购买。有次，朋友推荐，说他们村的一位哥哥正在处理书籍，问我有没有兴趣。他之前在济南开了一家书店，后来书店不开了，把书都搬回了家里。因为他要搬到北京去居住，老家的那堆书就想处理，书有很多，大多都是医学书籍，关于文学方面的也有不少。那天，我们几位文友相约到他的家里挑选书籍，一进门，我就被他家里堆放的书惊呆了，很多很多，堆了好几间屋。其中，他屋里的许多文学作品集是我喜欢的，那天便买了很多。

家里的书是越堆越多，摆在卧室里有点占地方，一些书籍就搬到了地下室。随着书的增多，也就很少买书了。这几年，阅读增多了，自己的生活也变得丰富多彩了。

谈读书

从前，我没有养成读书的习惯，很多书根本读不进去。受别人的影响，我逐渐喜欢上了读书，喜欢读各种各样的文学作品集，有时读书读得着迷时，便忘记了时间，读到深夜才去睡觉。

家里买了许多书，我是买得多读得少。许多书被我摆在了书橱中，至今还未拆封。这几年，与文学结缘，热爱上了读书，养成了读书这种好习惯。一天不读点书就觉得生活少了点什么，心里没着没落，脑子里空空荡荡。读书，无论是谁，一旦爱上了，捧书而读，你就会无暇顾及别的事情，有时连吃饭也会忘记。我就是这样一个人。有时，我对于一本喜欢的书能读到痴迷的状态。书中那此起彼伏的故事情节，让我完完全全融入其中，就恨不得用一天时间，把这本厚重的书读完，读不完深夜也不想睡觉。

那年春天，一到休班我就要徒步到南区的家里，拿起一本散文集坐在餐厅的椅子上认真地读。南区的房子买来一直未住，习惯了和父母住在一起。不过，我喜欢南区这里的学习氛围，窗户外面是初中，隔着窗户就能看到学生上课的场景。

　　我喜欢在学习氛围浓厚的地方读书。最初读书，我被书中的故事吸引，特别是散文集里那些真实质朴的文字，深深地让我迷恋。一本散文集就浓缩了一个人一生的阅历，他们的故事，他们生活里的那些精彩片段，都温暖着我这几年的生活。有些旧书是需要重读的，能把一个人带到过去，带回到自己年少时读这本书的心路历程。我记得，我去姥爷家里的时候，桌子上就有一本泛黄的旧书《三国演义》，书被姥爷翻烂了。姥爷在没有书可读的日子，这本书是多么的珍贵，陪伴了他多少年的生活。

　　我上高中的时候，到校图书馆，翻阅最多的是张宇的小说《活鬼》和溥仪的《我的前半生》，那时候，只要到了阅读课时间，我就会去翻阅这两本书。这两本书我也是囫囵吞枣大体上翻了翻，好多情节现在已经忘记了，为了加深印象，我最近又重新买了这两本书，没日没夜地读着。

　　和母亲住在一起生活，我时常在餐厅里开灯读书，母亲经常抱怨："上学时让你读书你不好好读，现在天天熬夜读书有什么用？"母亲把我读书当成了一种游手好闲、不学无术的爱好。我还记得，刚买书的那一阵子，全家人没有一个不反对的。我买了一套百花散文系列丛书，厚厚的四大箱子，快递来的时候，是父亲用手拖着让箱子滚到家里的。后来，又添了一个书架子，架子上摆满了书。

　　我读过的书很多，忘记得也快，基本都是囫囵吞枣，一遍而过。好多书里的内容想不起来了，书名也忘了，可能是我没有养成读书做笔记的好习惯，书读完了页面还是干干净净的，生怕自己歪拙的字会破坏了书的结构。许多读过的书，没有做阅读笔记，也没有去写心得体会，几年过去就忘得一干二净了。为了加深对书的理解，最近才养成读书做笔记的习惯，遇到好的词语总是写写画画，一篇文章读下来，书的空白处被我写满了字，加深了我对文章的深刻理解。

　　每天都忙忙碌碌，读纸质书是极奢侈的一件事情，休班在家，才可以拿起一本书坐在椅子上自由地阅读。出门就不一样了，你要是带着本书，尤其是一本厚重的书，不仅携带麻烦，阅读起来也不方便。所以我迷上了电子书，电子书的好处是阅读方便，携带方便。和父母住在一起，读纸质书稍有不便，有时，夜深了，开着餐厅的灯阅读会打扰家人的休息，自己一个人躺在床上翻阅电子书，调到夜间模式，不会打扰到家人的休息。

　　谈起书籍，是有好多书值得去读的。好多人没有养成阅读的习惯，看不进去，像从前的我一样。但只要你挑选了自己感兴趣的书阅读，你就会爱上读书，也会带动着别人和你一起读书。

《胶东散文十二家》出版
暨作品研讨会散文创作谈讲话稿

各位老师：

　　大家好！

　　我是一个业余写作者，受文学氛围的熏陶和自己对文学的热爱，开始学习并尝试散文创作。刚开始写散文，由于自己的阅读储备量不足，文笔显得稚嫩，作品不够成熟，多次投稿均未发表作品。

　　最初写散文，是以前工作过的集团有一个《信义人》报刊，我尝试写了一些豆腐块文章，陆陆续续得到编辑部的认可发表。那时，集团报刊发表文章有一定的稿费，稿费金额不高，但对于初学写作的我来说鼓励很大，激发了我对散文创作的热情，希望每月都能在集团报刊发表作品。那个时候，我对阅读书籍没有产生兴趣，几乎没怎么读书，只能生搬硬凑字数。现在想来，要想写出好的文章，需要有对生活观察的敏锐性，还要静下心来认认真真读几本书，做好笔记。

离开集团后，许多年没有再写文章。有一次参加县作协举办的文学讲习班，对我触动很大。讲习班上，文学前辈们分享了自己的创作经历，其中谈到了最重要的一点：增加自己的知识量，多涉猎文学作品集，多读书、读好书。从那时起，我渐渐地爱上了读书。读书的过程中我又开始尝试学习散文的创作，写一些散文作品，记录我的生活。

有一天，胶东散文年选走进了我的生活。看到胶东散文年选征选散文作品结集出版，我便联系焦主编，焦主编从我写的散文作品中选了一篇发表。这是我的作品第一次在文学作品集中公开发表，焦主编给了我很大的鼓励和帮助。我的一篇文章《秋风里的羊杂汤》入选年选，公开发表。这篇散文写了我在外地工作时喝羊杂汤的一段经历，那时工作时间是三班倒，下了夜班必然要到这家羊杂汤摊位前喝羊杂汤，一碗羊杂、两个肉卷饼填充了我的生活。于是，我就写了一篇题目为《一碗羊杂汤》的散文投到了胶东散文年选的邮箱。在入选之前，焦主编同我联系，将这篇文章的题目修改为《秋风里的羊杂汤》，使得这篇文章的题目思想性更高。随后，我的几篇文章入选散文年选 2020 年、2021 年公开出版发表。

后来，看到胶东散文十二家第一辑、第二辑，每辑从十二位作家中选取 6~8 篇作品结集公开出版发行，让我很是羡慕。作为一名文学写作者，多么希望自己写作多年的作品，能够印成铅字出版发行。我很感谢散文年选平台、感谢焦主编给了我入选作品结集出版的机会。经过反复推敲筛选，我的 7 篇作品《远去的集市》《秋风里的羊杂汤》《那家鱼锅店》《父亲为我煮鱼》《岁月里的收音机》《天上的星》《月光》入选《胶东散文十二家·王振国卷》公开出版发行。胶东散文年选，为我们写作者搭建了学习交流的机会和发表作品的平台，让我们的作品能够在平台发表，鼓励了我们写作者，激发了我们对文学的热爱，努力创作出更好的文学作品。

以前，我经常阅读胶东散文年选平台发表的作品，看到各位老师的作品写得这么好，非常羡慕。他们把生活里一件极其平常的事情，写得那么有趣，那么生动，那么有韵味，我学到了很多。这次借助山东省散文学会会员创作大会的机会，参加胶东散文十二家新书发布会，心情非常激动。感谢平台，感谢焦主编给我们提供了一个好的学习机会，能够和入选的老师们欢聚一堂交流学习，提高自己的写作水平。

在这里，祝贺胶东散文十二家成功出版发行，感谢焦主编及各位编辑老师的辛苦付出，谢谢大家。

活　着

　　一直以来，都有把作品结集出版的想法。由于种种原因，未能如愿。我总觉得作品写得还不够成熟，恐怕出版后会留下遗憾。

　　想来，人活一世，留下遗憾的事情太多。几十年的春秋，消耗了我太多的精力。现在想来，是应该把不成熟的作品结集在一起了。《往事拾零》是我从事散文创作以来，把我从记事起到现在所经历的一些事情，原原本本地记录了下来的一本散文集。散文《父亲为我煮鱼》这篇文章是我第一次创作出来的还算成熟的作品。当时，在外地工作，集团里有个集团报，尝试往集团报投稿，大多都不太成熟，就没登上。这篇散文是我在集团报发表的一篇亲情散文。写这篇文章时，花费了大量的时间，几易其稿，生搬硬凑组合成一篇文稿，后来又拿出来修改了一些标点符号，文字并未动。虽然读起来有点散漫，它却是我写作的动力。

　　夜深人静，我就会陷入思考，到现在，我都没弄明白，人为什么要活着？翻阅那么多的经典名著，就如同翻阅人一生的岁月。不知为何，会与文学结缘，痴痴地盼着、望着，一种可望而不可即的作家梦。我记得第一次去参加县讲习班，听老师们讲的课，触动了我读书与写作的热情。

这几年，想写点什么，又不知该如何落笔，一想到我这几十年的生活历程，又不由得悲从心中来。酸、甜、苦、辣，生、离、死、别，几十年经历过的事情像一部电影片段，久久在脑海里回荡。

最近，终于决定要出书了。谈到出书，我常常想起冯恩昌老师的教诲，他经常勉励作者出书。我第一次去拜访冯老师时，是父亲找了冯老师的弟弟陪我去的，我说我喜欢写作，又不知如何去写，他把他的多本著作赠予我，让我回去好好读读。认识冯老师后，曾多次去拜访，也是在他和大家的鼓励下，我才有了出书的想法，开始熬夜整理书稿。与其说是整理，不如说是重新又把故事写了一遍。夜深人静，我就会坐在书桌前，开始整理书稿，整理完书稿，忽然感觉人变得开阔了。是的，看惯了生与死的别离，心胸豁达了。那些远去的人，熟悉的事，将永远藏在我的脑海。我始终忘不了，第一次到外地求学，孤孤单单的一个人，总想往校外走，去更远的地方。

有一次，不知怎的，认识了一位网友，聊到临朐都感觉很亲切似的，就相约在周末见面。那天，只是有一面之缘，此后的若干年里，就断了联系。我始终忘不了她的样子，她的容貌，给我的第一感觉如初恋般那么曼妙，让我空相思一场，就断了任何的念想。直到这么多年过去，还是忘不了第一次见面时心里的那种感觉。我知道，我再站在原来的地方也等不到她的影子。想来，她也已经为人妻为人母。其实，有许多的人，已经从我的生活里消失了，不再扮演任何角色。想来，这也许就是人生最好的宿命。

　　一个人，在一座陌生的城市，来来回回地奔波，你能想象到，那是多么有趣、开心的时光。我曾来来回回，不停奔波在往来大杨庄——菲菲工作的地方，乐此不疲地去，有时间必去。那晚去时，天快黑了，她在超市里闲逛。我是在没有通知她的情况下与她相见的。那一刻，注定了两个人的相守，乃是一辈子。

　　我从来没有珍惜过什么，包括时间。我浪费掉的东西太多了，不过，细细想来，还是觉得挺感谢那段浪费掉的光阴，它让我成长了，让我经历了很多的事情，让我无法忘掉，那群少年做着白日梦，游走在大街上，寻找着什么，又一无所获。

　　是的，我确实成长了，从一个孩子，成长到外表看似成熟，心智却还不健全的人。没有谁能给我一个答案：人活着，究竟是为了什么？一代代人匆匆远去，想起来就很悲伤。或许，真应该留下点什么才能算是不白来这世上走一遭。

　　夜里，躺在床上，想到了终有一天会死亡，内心已不再惧怕，泪湿了衣襟。

后 记

到外地工作，因集团报刊而开始创作散文，到目前为止，已经发表了多篇作品。人就怕回头看，这些作品在当时看来，都觉得写得不错，这一整理结集出版就觉得作品稍欠火候，能拿出手的作品少之又少。在老师们的鼓励下，我把最初创作的散文进行筛选、整理，这一整理不要紧，发现自己的作品中缺乏精品力作。此后，出书的事搁浅在了一旁。

后来，冯老师联系我，约着我一块儿出书，我总觉得作品写得不行，想再沉淀沉淀，以后再说。冯老师一直鼓励着我，让我抽空把作品好好改改。我调入沂山工作后，利用晚上值班的时间，沉下心来，把作品从头整理了一遍，与其说整理不如说重新写了一遍。我打开电脑，在昏黄的灯光下，把每一篇作品单独拿出来，根据原有的故事重新又写了一遍，有些作品加入了一些新内容，花费了我近一个月的时间。每次读自己的作品，都觉得作品还有很大的提升空间。冯老师一直都说，作品没有百分百完美的，这只是代表了你这一时间段写的作品，以后再写再出。

　　作品整理完，书名暂定为"父亲为我煮鱼"，出版前张华老师更名为"往事拾零"，这样显得更有文艺范儿。

　　《往事拾零》这部散文集，写的大多都是我记事以来生活里的一些琐碎事情。从我搬到县城居住，到外地求学、工作、生活，遇到了大量的人和事，我以散文的形式把自己的所思、所感记录了下来。我是喜欢散文的，这源于散文的真，它充实着我的生活。

　　看到自己写的作品能够印成书，对自己来说是一种莫大的鞭策和鼓励，是我继续写作的动力。新书即将付梓，感谢各位老师、朋友在文学道路上对我的无私帮助和鼓励，正是由于你们的支持与帮助，我才能有机会在文学的路上走得更远！